春——
新学年
おおー
サッカー部
始まりの季節

本なんか読んでないで、あなたも考えなさいよ!!

どうしてうちにだけ新入部員が来ないのか?
わぃ
わぃ
わぃ
わぃ
どうすれば新入部員が増えるのか?
その原因も解決法も…
地蔵!
あなたにあるわ!!
ビシッ
……
ちょっとエリカ!!
「悩み解決」はサービス業なの!地蔵、あなたも笑顔《えがお》で接客《せっきゃく》しなさい!!
……
あなたが言う?
うーん…
美樹、ほかに部員を増やすアイデアはないかしら?

部の名前が堅《かた》いのかも…
NAYA MIBU
たとえば「NAYAMIBU」って
アルファベットにしたら？
美樹、うちの正式名称は、「悩み部」じゃなくて「悩み解決部」よ！
正式名称は、「悩み解決部同好会」だ
あなたは、そういう理屈《りくつ》っぽいところも直しなさい！
これまでに、悩みを解決してあげた人から「利用してよかった」っていう
体験談をもらうのはどうかしら？
エリカ…相談してきた人の半分くらいは怒《おこ》っているかも…
それに、俺たちには守秘義務《しゅひぎむ》がある

じゃあ 地蔵、あなたの得意なステルスマーケティングでも使ったらどう？
私たちに隠《かく》れて
コソコソ
部員の勧誘《かんゆう》をしてくれてもいいのよ？
いつまでもすねた子どもみたいなこと言わないの
…やっぱりキャッチコピーかしら？
どういうこと？
？
テレビのコマーシャルの印象に残るコピーで、商品の売り上げも変わるでしょ？
I WANT YOU FOR U.S. ARMY
アメリカも第一次世界大戦のとき、強烈《きょうれつ》なコピーで兵を募《つの》ったそうだ
テレビだけじゃないが…

そういうわけで私がそのコピーを考えてきてあげたわ!
はじめからそう言えばいいのに…
素直じゃないんだから…
じゃーん!
悩み解決
キミがやらねば
誰がやる!
入部希望者はこちらま
……
えぇ…
こ、これを部室の外に貼《は》るんだよね…?
もちろん!

ペタ
悩み解決
キミがやらねば
誰がやる!
悩み解決部
ピタ
地蔵ーー!!

外のポスターにあんなくだらないイタズラをしたのは、あなたなの!?
知らん
くだらないイタズラ?
文字が書《か》き換《か》えられているのよ!!
「が」が「か」に!
悩み解決
キミがやらねば
誰かやる!
入部希望者はこちらま
バッカじゃない!!

「悩み部」の焦燥と、その暗躍。

麻希一樹 著　usi 絵

Gakken

目次

contents

- ブックデザイン　小酒井祥悟、眞下拓人（Siun）
- 編集・構成　桃戸ハル
- 編集協力　高木直子
- DTP　(株) 四国写研

好きな人の好きな本

彼女は名前の通り、百合《ゆり》の花のように美しい人だった。

腰《こし》まである黒髪《くろかみ》はさらさらで、極上《ごくじょう》の絹糸《きぬいと》のような艶《つや》を帯びている。華奢《きゃしゃ》な体つきも、切れ長の黒い瞳《ひとみ》も、すべては彼女を可憐《かれん》な大和撫子《やまとなでしこ》と見せることに一役買っている。

しかし、可憐な見た目と裏腹《うらはら》に、彼女はあの藤堂《とうどう》エリカ相手に、正面から意見をできるほどしっかりとした「自分」を持っていた。華道《かどう》の家元《いえもと》である実家の影響か、自分にとってこだわりのあること——特に花のこととなると、自分を曲げることがない。

その凛《りん》とした姿《すがた》に、小野寺彰人《おのでらあきと》は強くひかれた。そして、憧《あこが》れた。

自分は1年A組の学級委員長を務《つと》めてはいるけれど、「悩《なや》み部《ぶ》」を筆頭とする、クラスの個性的な面々に翻弄《ほんろう》されて、うまくクラスをまとめることができない。それどころか、いつも失敗ばかりして、謝罪《しゃざい》のスキルばかりが上がっていく。

みんなは「気にするな」と言ってくれるけれど、彰人はそんな弱い自分が嫌《いや》だった。自分も彼女みたいに、しなやかな強さを手に入れたいと願った。

そうして彼女の姿や立《た》ち居振《いふ》る舞《ま》いを自然と目で追ううち、ある日突如《とつじょ》として、憧れが恋に変わった。彰人は、その日のことを鮮明に覚えている。

それはある日の放課後のこと。定期券を教室に忘れたことに気づいた彰人は、人もまばらとなった永和学園《えいわがくえん》の廊下《ろうか》を走っていた。そのとき、パチンッとハサミを使って何かを切る音が、異様《いよう》に大きく響《ひび》いて聞こえた。誰《だれ》かが一階の集会室に残っているらしい。

急がなければ塾《じゅく》に間に合わないとわかっているのに、どうしても気になって、中をのぞく。

次の瞬間、彰人は言葉を失った。

夕日が差しこむ部屋の中、茜色《あかねいろ》の光を背《せ》にして、彼女が花を生《い》けていた。しなやかな指先が真っ白なサザンカの花を愛《いと》おしむようになで、その茎《くき》を花ばさみで切っていく。

まるで一枚の絵画のような光景を前にして立ち尽《つ》くしていると、絵の中の人物がこちらを向いた。そして清楚《せいそ》な花を手にしたまま、にっこりと笑いかけてくる。

その瞬間、彰人は恋に落ちたのだ。

しかし、それは同時に、深い絶望の始まりでもあった。

彼女は華道の家元の出身で、美人で勉強もできる。それに比べて、自分はどうだろう？ 彰人の家は、会社員の父と専業主婦の母に、小学生の妹がいるごく普通の家庭だ。成績だって中の上。学級委員長をやっているのは成績がよいからではなく、個性がなく、調整役に適任だからだ。まさに凡人《ぼんじん》を絵に描《か》いたような人生……。

今なら、自分の平凡ぶりを嘆《なげ》いていた美樹《みき》の気持ちが痛いほどよくわかる。藤堂《とうどう》エリカと大河内隆也《おおこうちたかや》という、実に個性的な――多少性格に難《なん》はあるが――2人に囲《かこ》まれていては、自分という人間がひどくつまらなく思えたのだろう。

自分も同じだ。

最初から叶《かな》わない恋だとわかっている。

正面から告白をする勇気なんて当然ない。

最初は、花を愛する彼女の目には、世界がどれほど美しく映《うつ》って見えているのかを知りたいだけだった。だから、まずは彼女が好きな、「花」のことを必死に勉強した。しかし、花のことを知れば知るほど、彼女のことをもっと知りたくなるばかりだった。それは、答え合わせができない問題を解き続ける作業に似《に》ていた。

生半可《なまはんか》な「花」の知識で彼女に話しかけて、もしそれが一夜漬《いちやづ》けの知識だとばれてしまったら……そう思うと、花に関する話題を口にするなんて、とてもできそうにない。

彰人は、「花」以外の彼女の趣味を探るようになった。下校時に、こっそりと彼女のあとを尾《つ》けたことも、一度や二度ではない。

「まるで探偵《たんてい》みたいだ」と彰人は思った。

「でも、推理する名探偵なんかじゃなくて、他人の生活をのぞき見するプライベート・アイだ」と自嘲《じちょう》的に笑った。

探偵・彰人の綿密《めんみつ》な調査――実は単なる尾行《びこう》だが――にもかかわらず、「花」以外の彼女の趣味嗜好《しゅみしこう》は、なかなかわからなかった。下校時に買い物をするわけでもなく、ヘッドフォンをつけて音楽を聴いている様子もない。クラスでテレビや映画の話をしているところを見かけたこともない。

そんな彼女だったが、下校時に唯一《ゆいいつ》立ち寄るところがあった。それは、永和学園のそばに建《た》つ、古い図書館だった。

その図書館は、どこかの大学教授の「誰《だれ》もが好きなだけ書物を楽しめる空間を残したい」という遺志《いし》により邸宅《ていたく》の一部が図書館として公開され、誰でも自由に彼の蔵書《ぞうしょ》を読めるようになったものだった。

そこだけ時代の流れが止まったかのような空間は、彼女のために準備されたと思えるほど、彼女の雰囲気《ふんいき》に合っていた。

本棚《ほんだな》や調度品《ちょうどひん》が古いだけではなく、係の人も、貸し出しのしくみも、もう何十年も変わっていないのではないだろうかと感じさせた。この図書館では、本を借りるとき、表紙の裏に張りつけられたポケットの中から、貸し出しカードを取り出し、そこに自分の名前を書くようになっている。

本を借りている間、このカードは図書館のカウンターで保管され、返却と同時に、本の中のポケットに戻《もど》される。そうすることで、貸し出しカードには、今までにその本を借りたすべての人の名前が刻《きざ》まれていくのだ。

この貸し出しカードを目にしたとき、彰人は興奮《こうふん》を抑《おさ》えることができなかった。なぜなら、この貸し出しカードには、彼女の痕跡《こんせき》がたくさん残っているに違いなかったからだ。

図書館には数え切れないほどの蔵書がある。その貸し出しカードに記された無数の名前の中から、彼女の美しい文字——「天野小百合《あまのさゆり》」と書かれた署名《しょめい》を見つけだす作業は、「宝探し」のような楽しさがあった。貸し出しカードの中から彼女の名前を見つけ、その本を借りて読むことは、彼女と世界を共有したように思えて、彰人には嬉《うれ》しくてたまらなかった。

そうして、彰人が図書館に通うようになってから、一ヵ月近くが過ぎた。

実際には、貸し出しカードの中に「天野小百合」の名前を見つけることは、さほど難しい作業ではなかった。彼女が実に多くの本を図書館から借りていたからである。彰人が驚いたことに、彼女の興味の対象は、ビックリするほど多岐《たき》にわたっていた。

ゲーテの『若きウェルテルの悩《なや》み』や泉鏡花《いずみきょうか》の『天守閣《てんしゅかく》物語』などの美しい恋愛ものは、イメージ通りの彼女らしい趣味で、彰人は読みながら、そこに彼女の面影《おもかげ》を追っていた。稲垣足穂《いながきたるほ》という作家の『一千一秒《いっせんいちびょう》物語』や尾崎翠《おざきみどり》という作家の『第七官界彷徨《だいななかんかいほうこう》』という不思《ふし》議《ぎ》な小説は、正直なところ彰人には意味がよくわからなかった。でも、こういう作品を楽しめるのは、センスがよかったり、感受性が高かったりする人の特権なのだろうということだけはわかった。

小百合が読むのは楽しむための作品だけではない。『古事記《こじき》』などの日本の神話や昔話、ギリシア神話、北欧《ほくおう》神話などに関する本もたくさん読んでいた。家元の教養なのだろうか。さらには、マキャベリの『君主論《くんしゅろん》』、クラウゼヴィッツの『戦争論《せんそうろん》』など、借りてはみたものの彰人には読んでも面白さが理解できない本もあった。あとからインターネットで「概要《がいよう》」を検索《けんさく》してみて、ようやく組織やリーダーのあり様について書かれた本だということがわかった。

「華道の家元」を継《つ》ぐためには、あらゆる方面にアンテナを立てていなければいけないらしい。そのことを知り、彰人は改めて小百合に尊敬の念を抱いた。

小百合の読む本は実に多種多様で、一冊一冊の本はまるでジグソーパズルのピースのようだった。それだけでは、何が描かれているのかわからない。でも、ひとつ一つのピースを地道に組み立てていけば、「天野小百合」という人間の心が見えてくるかもしれない。

まるで謎解《なぞと》きのような現実を前に、早く答えを知りたくて、彰人は毎晩遅《まいばんおそ》くまで本を読み続けた。もともと読書は嫌《きら》いではなかったけれど、短期間にこんなにたくさんの本を読んだことはなかった。その副作用として、目の下に真っ黒なクマを作り、朝からあくびをかみ殺すようになってしまった。

そんなある日のこと、クラスのみんなから集めたプリントを職員室へ運ぼうとしていた彰人は足下《あしもと》がふらついて、プリントを廊下《ろうか》にぶちまけそうになってしまった。かろうじて踏《ふ》みとどまったものの、バランスを崩《くず》してすべり落ちた紙がハラハラと数枚その場に舞《ま》う。

「委員長、大丈夫？」

声をかけられ、顔を上げる。頼りない自分を心配して駆《か》け寄《よ》ってきてくれたのか、そこには副委員長の相田美樹《あいだみき》が立っていた。彼女はその場でかがむと、廊下に落ちたプリントを拾って渡してくれた。相棒《あいぼう》の藤堂エリカは一緒ではないらしい。エリカがいると緊張する。彰人は少しホッとした。

「相田さん、ごめん。ボーッとして、迷惑《めいわく》をかけちゃって」

「ううん、それは別にいいんだけど、どうしたの？　なんか最近、疲《つか》れた顔をしてない？」

「いや、疲れてるというか、ごめん。最近、ちょっと遅くまで本を読んでいたから」

彰人の言葉に、美樹が少しだけ意外そうな表情をする。そのしぐさに、言いようのない気恥《きは》ずかしさを覚えて、彰人はプリントの束《たば》を思わずギュッと胸元《むなもと》に引き寄せた。

「ごめん！　学級委員の仕事をおろそかにして、本ばかり読んでいて！　本を読む前に、もっとやるべきことをやらなきゃダメだよね」

「ちょっと待って！　誰も委員長を責めてなんかいないわ。ただ、委員長って、理系っぽいから、寝不足になるほど本を読んでいるって聞いて、少し意外に思っただけよ。最近はどんな本を読んでいるの？」

自分のことを気遣《きづか》ってくれたのだろう。美樹が笑顔で尋《たず》ねてくる。

美樹は、あの藤堂エリカや、地蔵《じぞう》こと大河内隆也と同じ「悩み部」に所属している。彼らとうまくやっていけるのは、同じように変人か、よほど器《うつわ》が大きい人間に限られるだろう。彼女は絶対に後者だと思う。本当にやさしい。

美樹の心遣《こころづか》いに感謝しつつ、彰人はどの本を挙げるべきか、答えを探しはじめた。女の子に自分が読んでいる本を教えるのは難しい。自分の価値観やセンスが問われているような気がするからだ。ここでマキャベリの『君主論』などと答えたら、「この人、クラスを支配しようとしているの？」なんて疑われるのは間違いない。

馬鹿にされたくもないし、ちょっとだけ見栄《みえ》も張りたい。でも長く話していたら、自分がにわかじこみの読書家であることがバレてしまうかもしれない、という複雑な思いが相まって、彰人は結局、自分のセンスでは選ばないような本のタイトルを答えた。

「うーん、特にジャンルにこだわりはなくいろんな本を読むんだけど、最近印象に残ったのは、タルホの『一千一秒物語』とか、オザキミドリの『第七官界彷徨』かな？　何十年も前の本なのに、今読んでも『新しい』んだよね」

「え？　タルホって、稲垣足穂のこと？」

美樹が意外そうな声を上げる。その様子に、彰人はハッとして口をつぐんだ。

しまった！　稲垣足穂とか尾崎翠みたいな昔の作家なんて知らないだろうから、この話をさくっと切り上げられると思ったのに――。もし美樹が、彼らの作品を好きで、話に乗ってこられたらまずい。

さらに、最悪のケースが頭をよぎった。美樹はほかの悩み部のメンバーと違って、クラスメイトたちとも仲がいい。もしかしたら、自分が小百合の好みを調べて、彼女が読んだ本を追いかけていることに気づかれたかもしれない。

いや、きっとそうに違いない。あんな昔のマイナーな作家の本を読む人なんて、そうそういないのだから！

今までひた隠《かく》しにしていた秘密と、その後ろに隠れた恋心に気づかれたかと思うと、頭から湯気《ゆげ》が出そうなほど恥《は》ずかしくて、たちまち顔がまっ赤《か》になっていくのを感じる。

「あの、相田さん、僕《ぼく》の読んでいる本は、その……」

しどろもどろになりながら、必死でごまかそうとする。しかし、美樹が次に発した言葉は、彰人の予想を大きく裏切るものだった。

「委員長って、意外にロマンチストなのね。そのタルホって人の本、最近、流行《はや》ってるの？」

「へ？」

「私は、タルホもオザキミドリって人の本も、全然読んだことがないんだけど、少し前に隆也くんがその人たちの本を読んでいるところを見たの」

「地蔵《じぞう》が？『一千一秒物語』と『第七官界彷徨』を地蔵も読んでたの!?」

「え？……ええ。エリカが『あんたみたいな感情も感受性もない人間が、そんな乙女《おとめ》趣味な小説を読むなんて、気持ち悪い！』って毒《どく》づいていたから、よく覚えてるわ」

「…………………」

美樹が苦笑しながら告げる。「まさか……」、彰人の頭の中には、ある仮説が組み立てられた。

その日の放課後、彰人は例の図書館へ足を運んだ。

「もしかすると、地蔵も、彼女を追いかけているんじゃないだろうか？」

彼のように現実的な人間が、ああいう小説を読む理由は、それ以外に考えられなかった。

彰人は、『一千一秒物語』、『第七官界彷徨』などなど、最近借りて返したばかりの本を棚《たな》から持ってきた。そして、それぞれの本に入っていた貸し出しカードを抜《ぬ》き出《だ》し、机《つくえ》の上に並べた。

「地蔵が天野小百合を追いかけている」という彰人の推測は、結論から言えば間違っていた。

しかし、その間違いは、よりきつく、彰人の胸をしめつけた。

どうして今まで気づかなかったのだろう？

天野小百合の名前の上には、彼女よりも前に、その本を借りた人物の名前がたくさん記されていた。そして、その中には必ずある一人の名前が書かれていた。走るような筆跡《ひっせき》で書かれたその名は――大河内隆也。

自分だけではない。小百合もまた、自分の好きな人のことを知りたくて、隆也が借りた本を借り続けていたのだ。

いくら小百合を追いかけても、声をかけることはできなかった。彼女を見ていて、こんなにも切ない気持ちになるのは、自分が弱いからだと思っていた。だから、強い人にひかれるのだとも。

だけど、小百合は、彰人が思っているほど強い人ではなかった。彰人と同じように、好きな人に声もかけられず、その人の痕跡《こんせき》を追い続けているのだろう。

新しい彼女の一面を知って、彰人は前よりももっと彼女のことが好きになった。そして、弱い自分のことも、少しだけ好きになった。

［スケッチ］

汚《けが》れなき懺《ざん》悔《げ》

ビール缶《かん》のプルタブに指をかけ、力を込《こ》めて引《ひ》っ張《ぱ》る。一人《ひとり》きりの部屋《へや》の中、プシューッという音を耳にして、新庄尊《しんじょうたける》はニヤリと口の端《はし》をつり上げた。

「教師《きょうし》」という仮面《かめん》をはずして飲む、風呂上《ふろあ》がりのビールほど甘美《かんび》なものはこの世にない。まだ夜の7時を過ぎたばかりだ。この時間に、こんなにくつろげるとは、なんて幸せなことだろう――。

新庄が勤《つと》めている永和学園《えいわがくえん》は今、期末試験《きまつしけん》の真最中《まっさいちゅう》。体育教師である新庄の仕事量は少なく、採点《さいてん》に追われている他《ほか》の教師たちを尻目《しりめ》に、ゆうゆうと先に帰ることができたのだ。そして今日は休みの前日。翌日《よくじつ》のことを心配する必要もない。

ソファーにドカッと腰《こし》を下《お》ろし、テレビをつけると、「人間観察《かんさつ》」をうたい文句《もんく》にしたドッキリ番組をやっていた。芸能人相手にドッキリをしかける内容で、先輩芸人《せんぱいげいにん》の秘密《ひみつ》を偶然《ぐうぜん》知ってしまった後輩芸人が、その秘密を他人に暴露《ばくろ》するかどうかが試《ため》されている。

「こういう時にこそ、人間の本性《ほんしょう》が出るんだよなぁ。まぁ、ヤラセだろうけど」

ビール缶を傾《かたむ》けながら、新庄がつまみ代わりにテレビを見ていると、不意に部屋の扉《とびら》がノックされた。

「尊おじさん、中に入ってもいい？」

声変わり前の少し高めの声が、ドア越《ご》しに話しかけてくる。声の主《ぬし》は新庄の甥《おい》っ子《こ》で、小学5年生の学《まなぶ》だった。なぜか新庄になついていて、休みの前日などは、よく泊《と》まりがけで遊びにくる。学の通う塾《じゅく》は新庄の家からも近く、新庄の家にランドセルを置いたあと、そこから塾に行くこともある。

生徒の前でかぶっている、「話がわかる教師」「相談に乗ってくれるアニキ」という「いい先生」の仮面を、学の前ではかぶる必要がないから、新庄も気軽に接することができたし、学のことが好きだった。

だが、いつもは、新庄に対して遠慮《えんりょ》なく話しかけてくるはずの学の様子《ようす》が、今日はなんだかおかしい。ふだんなら、新庄の返事を待つことなく、大騒《おおさわ》ぎをしながら勝手に扉を開けるのに。

「学、どうしたんだ？　テストで悪い点でも取ったのか？」

「んー、実はね……」

新庄に声をかけられ、学がゆっくりと部屋に入ってくる。その顔は案《あん》の定《じょう》、憂鬱《ゆううつ》そうに陰《かげ》りを帯びていて、後《うし》ろ手《で》に何かを隠《かく》し持《も》っている。どう考えても、普通ではない。

「学？」

新庄が先をうながすと、学はわずかにためらった末、握《にぎ》りしめていた手を前に出してきた。パッと開いた手の平《ひら》には、トレカが1枚乗っている。何のトレカかはよくわからないが、キラキラと輝《かがや》くこのカードが「キラカード」と呼《よ》ばれていて、めったに出ない「当たりカード」だということは知っていた。

「すごいじゃないか。これ、珍《めずら》しいんだろ？」

新庄が純粋《じゅんすい》に驚《おどろ》いて告げた一言に、学の顔がさらに暗くなり、プルプルと首を横に振った。

「あのね、おじさん。実は僕《ぼく》、5パック買ってこのカードを当てたんだ……拾《ひろ》ったおサイフから借《か》りたお金で」

「はぁ？」

甥っ子の突拍子《とっぴょうし》もない発言に、新庄が持っていたビールをこぼしそうになる。驚く叔父《おじ》を見上げて、学は気まずそうに頬《ほお》をかきながら、今日あった出来事を話し始めた。

学校が終わり、一度新庄の家にランドセルを下ろした学は、塾へ向かう途中でサイフを拾ったのだという。学校で友だちが「キラカードが当たった」と自慢《じまん》していたのを思い出した彼は、「5パック買う分だけ」と、そのサイフの中から2千円を抜《ぬ》いてしまったのだという。

「その2千円というのが、拾ったサイフの中に入っていた金なんだな？」

新庄の質問に、学が下を向いたまま、コクンとうなずく。新庄は飲んでいたビール缶を握りしめ、やれやれとため息をついた。

学に対しては、学校でのようなキレイ事を言うつもりはない。本音《ほんね》で語るべきだと思った。

「世の中にはウソをついて成功している人とか、そのウソを誤魔化《ごまか》して、何とも思わない人もいる。ウソをついてずっと生きていけるならいいけど、残念ながら学は、そういう人間にはなれないよ。だって、怖《こわ》くなってビクビクしてるだろ？　でも、俺《おれ》はさぁ、そういう学のほうが、はるかに好きだけどな」

「……………」

新庄は教師である前に、学の叔父《おじ》だ。「いいか悪いか」ではなく、「好きか嫌《きら》いか」を伝えるべきだと考えた。

学は言葉を失って赤くなり、目元《めもと》に涙《なみだ》をにじませ、最後に力なくうなだれた。

「ごめんなさい、尊おじさん。今回のことは僕が悪かったよ」

「うんうん。反省したのなら、それでいい。で、次に学は何をすべきだと思う？」

「どうしたらいいかわからないから、おじさんに2千円渡すよ」

「はっ？」

甥っ子の発言に、新庄は再びビールをこぼしそうになった。

「俺が2千円をもらってどうする？　そんなもの、受け取れないぞ。自分の手からその2千円が離れたら、罪がなくなるわけじゃないんだからさ。まさか俺が持ち主に返すのか？」

「そうじゃないけど……でも、おじさんなら、そのお金の正しい使い道を知ってるでしょ？」

「…………？　正しい使い道って、募金《ぼきん》活動のことを言っているのか？」

確かに新庄は時々、永和学園で生徒たちが行っている募金活動の手伝いをすることがある。

学は自分が使った額《がく》と同じお金を寄付《きふ》することで、罪滅《つみほろ》ぼしをしようというのだろうか？　そうすれば、自分が得をしたわけではなくなるが……。

「募金がどうこう言う以前に、まずはそのサイフを持ち主に返すべきだろう？　もちろん、お前が借りたお金を中に戻《もど》した上でな」

「それはそうだけど……」

至極《しごく》まっとうな新庄のアドバイスに、学がなぜか言いよどむ。その姿《すがた》を見て、新庄は理解した。

「さてはお前、そのサイフの持ち主を知ってるんだな？　だけど、お金を無断《むだん》で借りたことがバレたらと思うと怖《こわ》くて、素直《すなお》に返せないんだろう？」

新庄たちが受け持っている高校生たちの間でも、よくある話だ。ほんの出来心《できごころ》からやってしまったこととはいえ、そのことがバレたら最後、変な噂《うわさ》を流されるかもしれない。しかし、だからと言って、サイフを返さなくていいという話には決してならない。

「学、怖いのはわかるが、逃げていちゃダメだ。相手が誰であれ、誠心誠意《せいしんせいい》をこめて本当のことを打ち明けたら、きっとわかってくれるはずだ。だから、ちゃんと謝《あやま》って、お金もサイフも返せ。その2千円は、とりあえず俺が貸しておいてもいいから」

新庄の熱心な説得《せっとく》に、学はちらりと顔を上げ――すぐにブンブンと首を横に振った。

「ダメなんだ。実は僕ね、サイフを拾ったことも、中のお金を使わせてもらったことも、ちゃんと全部持ち主に話したんだ。でも、その人は、僕がお金を返そうとしても、受け取ってくれないんだ」

「謝っても許《ゆる》してくれない感じなのか？」

「ううん。最初はすごく怒られたよ。でも、僕が反省しているのを見て、許してくれたんだと思う。ねぇ、おじさん。僕はこのあと、どうするべきだと思う？」

手を組み、不安を帯びた表情の学に下から顔をのぞきこまれ、新庄は肩をすくめた。

「学が正直に言ったから、その持ち主は許してくれたんだろうな……よし！　今度、デパートでお菓子でも買って、もう一度、一緒に謝りに行くぞ。そのときはちゃんとサイフを返すこと！」

「うん！」

それにしても、2千円くらいならともかく、サイフを持っていかれて許すって、どんな人間なのだろう？　まぁ、悪い奴《やつ》に拾われるよりはましってことだろうか。

新庄には、詳しい事情がわからなかったが、叔父としても教育者としても最善の結末にたどり着けたことは間違いなかった。

「学、そのサイフ、一応俺があずかっておくから、持ってこい」

新庄がそう言って、持っていたビールを口に含《ふく》んだ。その前に、学が塾のカバンから取り出したサイフを差し出してくる。黒革《くろかわ》の、デパートでよく売っていそうなサイフだが——それ見た瞬間、新庄は盛大《せいだい》にビールを吹き出してしまった。

「まなっ……ゴホッ！　お前、それは俺のサイフじゃないか！　どういうことだ!?」

「今日の夕方、尊おじさんと入れ替わりで塾へ行く途中、玄関でこのサイフを拾ったんだ。どうしてもカードが欲しくて、２千円だけ借りたんだ。だから、おじさんに『２千円渡す』って言ったんだけど……おじさんがいらないって言うなら、返さなくてもいいよね？　尊おじさん、僕が拾ったサイフがおじさんのだってわかっていて、つき合ってくれたんだよね？」

「この馬鹿野郎《ばかやろう》!!」と、のど元までこみ上げてきた怒声《どせい》を、新庄はなんとか飲みこんだ。引きつる頬《ほお》をこらえながら、学校でよくかぶる、「生徒の自主性にまかせる、話のわかる教師」の仮面をつけて、うろたえることなく言い放つ。

「お前の言いたいことは、もちろんわかっていたさ。ただ、お前がいつ告白してくれるかと待っていたんだ。学、遅いぞ！」

「おじさん！　ありがとう！」

思い出したように、机の上にサイフを置いて、学がゆうゆうと部屋をあとにする。新庄の後ろでは、つけっぱなしになっていたテレビから盛大《せいだい》な笑い声が聞こえてきた。人間観察でだまされた芸人を、他の出演者たちがあざけっている声だ。

新庄だって、いつもなら一緒になって「だまされる奴《やつ》が馬鹿なんだよな」と笑っている。けれど、自分がだまされる立場になった今、人々の笑声が疎《うと》ましくて仕方ない。

新庄はソファーの上に投げ出していたリモコンを引ったくるようにつかむと、即座《そくざ》にテレビを消した。机の上に置かれたサイフにちらりと目をやり、深いため息をつく。

今年になってから、サイフを落とすのはこれで2回目だ。このサイフは、ひょっとしたら金運がないのかもしれない。

新庄は残っていたビールをグビリとあおった。もう、のどごしの爽快感《そうかいかん》はなく、ただただ苦《にが》いだけだった。そして新庄は、サイフを買《か》い換《か》える決意をした。

最初の授業

見慣《みな》れた教室の扉《とびら》の前で足を止め、大きく息を吸う。ホームルームの始まりを告げる鐘《かね》の音《ね》を聞きながら、飯田直子《いいだなおこ》は腕《うで》の中の紙束《かみたば》をギュッと胸元《むなもと》に引き寄せた。

薄《うす》い紙だって、40枚もあれば、それなりに重たくなる。これらは、生徒たちが日頃の授業や自宅学習で積み上げた努力の成果が数字で示されたもの。端的《たんてき》に言えば、「採点済みの答案用紙」である。

点数を見て、生徒たちがどんな反応を示すかはわからないけれど、彼らはその結果に責任をもたなくてはならない。そして、答案用紙と一緒に持ってきた40枚の紙については、直子がその結果について、責任を負う必要があった。

自由と平等を尊《とうと》ぶ永和学園《えいわがくえん》では、1年の終わりに、生徒たちに通知表を渡すだけでなく、担任教師もまた受け持った生徒たちから1年間の指導力を評価される。「進路指導におけるアドバイスは適切だったか」とか、「クラスを適切にまとめられていたか」などの項目について、それぞれ5段階で評価されるのだ。

直子が持ってきたのは、そのアンケートを記入してもらうための用紙である。

正直なところ、直子は自分に下される評価に自信がなかった。何しろ直子が担任している1年A組は問題児《もんだいじ》の集合体。1年間、「悩み部《なやぶ》」のメンバーに翻弄《ほんろう》されて、どれだけの失態《しったい》を見せてしまったことか。

特にひどいのは、教師に対してわずかな尊敬《そんけい》の念すらも抱いていない大河内隆也《おおこうちたかや》と藤堂《とうどう》エリカの二人だ。彼らの攻撃の矛先《ほこさき》が自分に向いていないときでさえ、これまでに何度も「巻《ま》きこまれ事故」に遭遇《そうぐう》している。クラスの副委員長も務める相田美樹《あいだみき》は、まだましなほうだけれど、まともな神経の持ち主が、あの二人につき合えるはずがない。もしかすると、問題児二人を操《あやつ》っているのは彼女かもしれない。「悩み部」のメンバーがクラスに働きかけて、アンケートを操作《そうさ》するなんて、他愛《たあい》のないことだろう。

教師評価のアンケートに変なことを書かれたせいで、学園長に呼び出されたらどうしよう？

いいや、最悪の場合、担任を外されることだってありうる。せっかく昨年から一人でクラスを受け持つことができるようになって、喜んでいたのに……。

真っ白なアンケート用紙の束《たば》を抱きしめたまま、妄想《もうそう》が暴走《ぼうそう》する。教室の扉《とびら》を困《こま》り顔《がお》で見つめていた直子は、ふとおかしくなって、笑ってしまった。

頭がおかしくなったわけではない。思い出してしまったのだ。今から5年ほど前に、同じような経験をしていたことを。

「人から評価されるのがこんなにも怖《こわ》いなんて、これじゃあ、教育実習の頃《ころ》と同じじゃない」

苦笑《くしょう》とともにつぶやく。そんな直子の脳裏《のうり》には、初めて教壇《きょうだん》に立った日のことが思い出されていた。


あれは、直子がまだ大学４年生だった頃のこと。

高校時代には、つらい思い出もあったけど、それ以上に楽しい出来事がたくさんあったので、なんとなく教師の仕事をしたいな、とは考えていた。だけど、強固《きょうこ》な信念があったわけではない。大学で教育学部に進んだあとは、ほかに情熱をかたむけるものもなく、真面目《まじめ》に授業を受けてコツコツと教職課程《きょうしょくかてい》の単位を取り、気づけば母校である永和学園での教育実習初日を迎《むか》えていた。

リクルートスーツのような個性のないスーツに身を包み、肩《かた》まである髪《かみ》を後ろで一つにまとめて、派手《はで》さのかけらもない化粧《けしょう》を少しだけする。そうして最後におろしたてのパンプスを履《は》いた直子は、それだけで一人前《いちにんまえ》の教師になれた気がした――けれど、自分の甘《あま》さをすぐに思い知らされる結果となった。

直子が担当したのは、当時、小畑花子《おばたはなこ》が受け持っていたクラスであった。朝のホームルームで、自己紹介《じこしょうかい》のため初めて教室に入った瞬間、40対《つい》の視線が自分に集中するのを感じた。

はっきり言って、怖かった。

今さらだけど、自分は教師なのだ、ここではみんなが自分の一挙手一投足《いっきょしゅいっとうそく》に注目しているのだと自覚させられて、何も考えられなくなってしまった。

口が勝手に動いて、あらかじめ考えておいた自己紹介をする。なのに、肝心《かんじん》なところで「飯田にゃお子です」とかんでしまって、教育実習のスタートから生徒たちに笑われてしまった。

英語の教材準備室に戻《もど》って、さっきの失態《しったい》を思い出す。なんとか愛想笑《あいそわら》いでごまかしたけれど、間違《まちが》いなく、顔はまっ赤《か》だったろうし、緊張《きんちょう》で足がガクガク震《ふる》えて、見るも無惨《むざん》な姿《すがた》だったに違いない。

「教師なんて絶対に無理だ！」と思った。教職なんてもうどうでもいいから、早く家に帰りたかった。

だけど、教育実習生が途中で逃げ出すことなんてできない。それどころか、心を落ち着かせる余裕《よゆう》もなく、一時間目から授業をしなくてはいけない。

直子は英語の教材を用意して、教材準備室を出た――いや、出ようとした。しかし、教材準備室の焦《こ》げ茶《ちゃ》色の扉を開ける勇気が、どうしても出せなかった。自分の手が震《ふる》えていることに、その時になって初めて気づいた。

頭を占《し》めていたのは、たった一つの懸念《けねん》――また失敗して、笑われたらどうしよう？

生意気《なまいき》な生徒が「にゃお子先生」と、先ほどの失敗をからかってくるだろう。そんなことを言われたら、普通にしていられる自信がない。自分はどうしても教師になりたいわけでもないのに、なんでこんなに嫌《いや》な思いをしなければならないのだろう？

考え始めたらきりがなく、目元《めもと》に涙《なみだ》がにじんできた。

この涙は、何の涙なのだろうか。自分の不甲斐《ふがい》なさへの悔《くや》し涙なのだろうか、それとも馬鹿にされることの悲しみの涙なのだろうか——自分でも理由がわからないまま、涙がどんどんあふれてくる。

「飯田先生、どうしたんですか？」

直子の実習を監督《かんとく》している男性教師が、心配そうに顔をのぞきこんできた。

ここで体調不良を訴《うった》えたら、実習をやめさせてもらえるかもしれない——直子がそんなことをぼんやり考えた。その時だった。

「しっかりしなさい、飯田先生！　そんなところで、何をぐずぐずしてるんですか？」

準備室の扉が外側から開けられると同時に、オペラ歌手のように張《は》りのある声があたりに響《ひび》きわたる。顔を上げると、小畑が鬼《おに》のような形相《ぎょうそう》でこちらをにらんでいるのが見えた。

小畑はズンズンと近づいてくると、樽《たる》のように丸々と太ったお腹《なか》をフンッとつき出し、短い腕《うで》を胸《むね》の前で組んだ。直子と監督教師の顔を見比べ、すべてを理解したような顔でやれやれと肩をすくめる。

「飯田先生！」

「あ、はい！」

「ホームルームのあと、どうにも元気がないと思っていたけど、あなたは今、何を考えていました？」

「え……別に、その……」

「まさか実習から逃げ出す算段《さんだん》をしていたわけじゃないでしょうね？」

「…………」

初めて会ったときから、この迫力《はくりょく》はただ者じゃないと感じていたけれど、まさかこちらの心の内まで読まれてしまうなんて！

直子は何も答えられなかった。その沈黙《ちんもく》こそが、小畑にとっては何よりの答えだったらしい。

こちらの顔を真下《ました》からのぞきこんで、彼女は一言《ひとこと》ずつかみしめるように続けた。

「いいですか、飯田先生。うまく自己紹介できなかったとか、そんなことを気にするのはやめなさい！　あんなの、誰《だれ》もミスだなんて思いませんよ!!」

「誰もミスと思わない」と言っているということは、少なくとも、小畑はミスだと思っている証拠《しょうこ》ではないか。

「あなたは教育実習生なんですよ？　最初から完璧《かんぺき》にできなくたって、何もおかしくはないでしょう?」

「でも……」

なおも言いよどむ直子を見て、小畑がフーッと深いため息をつく。

まずい! 生徒たちだけでなく、小畑にまで失望されてしまった!

直子の頭の中でネガティブな思考がスパイラル増幅《ぞうふく》する。

恥《は》ずかしさといたたまれなさが入《い》り交《ま》じり、頬《ほお》が熱くなっていく。今度こそ、本当にすべてを捨てて、逃げ出したくなった。けれど……。

「飯田先生、あなたにとって最悪の状況とは、どういうものですか?」

「へ?」

小畑は急に何を言い出すのだろう?

首をかしげる直子を見て、小畑は先ほどとは違う、やわらかい調子で言葉を続けた。

「飯田先生にとって、『こうなったら嫌だな』と思う最悪の未来は、いったいどんな状況ですか? 話してごらんなさい」

「そんな、急に言われても――」

「何でもいいから、言ってみなさい」

小畑がお腹をつき出し、身を乗り出す。その妙《みょう》な迫力に抗《あらが》えず、直子は頭に浮かんだことを渋々《しぶしぶ》言葉にした。

「えーと、その、私にとって最悪の状況というのは――やっぱり授業で失敗して、落ちこむことです。たとえば、クラスの中に帰国子女がいて、『先生、その発音、変ですよ』って言われたり……」

直子はかつて、大学のゼミの発表のとき、緊張のあまり、「sayonara《サヨナラ》」というローマ字を、「say onara《セイオナラ》」と読んでしまったことを思い出した。緊張すると、頭が真っ白になることがあるのだ。

「そのほかには？」

「英語に関する生徒の質問に答えられないことです。この先生、能力が低いんじゃないかって、馬鹿にされると思うんです」

その状況をリアルに想像し、うなだれた直子を見て、小畑はなおも質問を続ける。

「じゃあ、そう思われてしまったとしましょう。この学園の生徒の中には、小生意気《こなまいき》な人間もいますから、大きな声でブーイングしたりもするでしょうね。最悪の場合、クラス全員で、『帰れコール』の合唱になるでしょう」

「え、そんな……」

「しかも、それだけじゃありません。生徒の中には、『こんな授業、受けるだけ無駄《むだ》だよ』と言って、教室から出ていく者も現れるはずです。そうなったら、あなたはどうしますか？」

直子の頭の中には、その最悪な状況が鮮明《せんめい》に浮かんできた。

「あ、あの、私……そんなことになったら、耐《た》えられそうもありません。泣いて教室から逃げ出して、ここに戻ってくると思います」

「そうですよ。教室に行って授業をして、万が一、最悪な状況になったとしても、今あなたが置かれている状況と同じになるだけじゃないですか」

小畑がきっぱりと言い切る。その言葉に、直子はハッとして顔を上げた。

小畑の顔は相変わらず恐《こわ》かったけれど、自分を見る瞳《ひとみ》が少しだけやさしい光を帯びて見えたのは、きっと気のせいではない。彼女はこちらの目をまっすぐに見つめて、ゆっくりと言い聞かせるように続けた。

「大切なのは、やらない後悔《こうかい》よりも、やった後悔です。何をしても最終的に落ちこむというのであれば、私はやったほうがいいと思いますよ。結果は同じでも、プロセスを知っておけば、その分だけ人生経験が豊かになるというものです。違いますか？」

「…………はい」

「納得《なっとく》したのなら、いってらっしゃい！　生徒たちは、あなたの敵《てき》ではありませんよ。さっき言ったような生意気《なまいき》な生徒なんて、実際にはいませんから！」

小畑の手が、猫背《ねこぜ》になっていた直子の背中《せなか》をバンッと勢《いきお》いよくたたく。

直子はここでもまた、流されるようにして教室へ赴《おもむ》き——結果、小畑に深く感謝することになった。

生まれて初めて本物の高校生の前で行った授業は、完璧とはほど遠かったけれど、直子なりに精一杯《せいいっぱい》頑張《がんば》ることができた。実習期間も終わりに近づく頃には、担当することになったクラスのみんなとも仲良くなることができた。最初はあんなに恐《おそ》れていた「にゃお子先生」のあだ名にも——やはり、そう呼ばれることになってしまったが——愛嬌《あいきょう》を感じられるようにすらなった。そうして、直子は教師になる決意をした。

あのとき、小畑に背中を押してもらえたことがきっかけで、「自分も誰かの人生に、こんなふうに関われたら素敵《すてき》だな」と思うようになったのだ。

「飯田先生？　教室の前で、何をつっ立っているのですか？」

廊下《ろうか》の先から聞こえてきた張りのある声に、直子は意識を現実に引き戻された。声のしたほうに顔を向けると、こちらに近づいてきた小畑と目が合った。

「どうしたんです？　早く中に入ったらどうですか？」

「あ、はい。ボーッとしちゃって、すみません」

「まったく、あなたは年がら年中ボケッとしているんですから。学年末の締《し》めくらい、しっかりしなさい」

小畑が思い切り渋《しぶ》い顔つきで言いたいことを言い、隣《となり》の教室に入っていく。その背中を見送りながら、直子は思わずほほえんだ。

ふだんの小畑はものすごく恐《こわ》い。だけど、直子は知っている。トゲの生えた言葉の裏《うら》には生徒思いで、信じられないほど熱い思いが隠《かく》されていることを。

もっとも直子だって、いつもは小畑の迫力《はくりょく》に圧倒《あっとう》されてしまって、そのやさしさに気づかないことのほうが多いのだけれど。

「大切なのは、やらない後悔よりも、やった後悔――よね」

小畑の言葉を口の中で繰《く》り返《かえ》す。直子は顔を上げると、教師評価のアンケート用紙を胸に抱いて、1年A組の教室に入っていった。そして、生徒ひとり一人の顔を見渡した。

まだまだ駆《か》け出《だ》しの教師で、至《いた》らぬ点は山ほどある。けれど、あの時の選択《せんたく》は間違っていなかった――やっぱり教師になって良かったと、直子は心の底から思った。

ただし、小畑の言ったことには間違いもある。

「そんな生意気な生徒なんて、実際には」――いる。大河内隆也や藤堂エリカの姿《すがた》が視界に入ると、どうしてもそう思わざるを得ない。

でも、そんな生徒すらも、今は愛《いと》おしく思えた。

［スケッチ］

真冬《まふゆ》の怪談《かいだん》大会

爪先《つまさき》が凍《こご》えてしびれるほど寒い真冬の夜、大河内都子《おおこうちみやこ》はコタツの一角《いっかく》で、熱々のお茶をすすりながら、体が内側と外側から温まっていくのを感じていた。

「たまには鍋《なべ》でもしないか？」という二階堂桔平《にかいどうきっぺい》の誘《さそ》いで、今日《きょう》は一人暮《ひとりぐ》らしをしている彼のマンションに、元同級生たちが集まった。

寒さゆえか、目の前に置かれている土鍋《どなべ》の中身は、コタツを囲《かこ》んでいる四人組――都子と一緒に永和学園《えいわがくえん》を卒業した同級生たちのお腹《なか》の中に、すごいスピードで消えていった。

「さて、鍋も食べ終わったことだし、次は怪談話でもしましょうか？」

都子がコタツの上に湯飲《ゆの》みを置いて言った。その提案に、正面の座布団《ざぶとん》に座《すわ》っていた青年がガクッとうなだれ、眉間《みけん》を指で押さえた。

みんなと同じ大学3年生だが、彼は見た目よりも5歳《さい》は確実に老《ふ》けて見える。というより、銀色《ぎんいろ》のスクエア眼鏡《めがね》の後ろに隠《かく》された眼光《がんこう》は鋭《するど》く、就職《しゅうしょく》前だというのに、すでに企業の中間管理職のような貫禄《かんろく》さえ感じられる。

「政行《まさゆき》、どうしたの？　急に疲《つか》れた顔をして。お腹がいっぱいになったら眠《ねむ》くなったとか？」

都子に尋《たず》ねられ、目の前の青年——國岡《くにおか》政行は、ずり落ちてきた眼鏡を片手《かたて》で直しながら、ハァーッと深いため息をついた。

「都子……どうしてこの真冬に、怪談話という発想になる？　そういうものはふつう、真夏にやるものだろう？」

永和学園で机《つくえ》を並《なら》べていた時から変わらない。それどころか、大学の法学部《ほうがくぶ》に入ってから、ますます生真面目《きまじめ》になってきた政行の意見に、都子は顔の前でチッチッと指を振《ふ》って見せた。

「政行は、わかってないわね。今、私たちはコタツでぬくぬくしているのに、ここにはアイスがないのよ。暖《あたた》かい部屋の中にいる時は、何か冷たいものが欲しくなる。それが人間の本能ってものでしょ？」

「アイスの冷たさと、怪談の涼《すず》しさは全然違う！　同じ42℃でも、湯温なら快適《かいてき》だが、気温なら酷暑《こくしょ》だろ！」

「都子の発想もひどいけど、國岡くんのたとえも全然わからないし、説得力《せっとくりょく》がないわ。まぁ、そんなムキにならないで。たまにはみんなで怪談大会もいいじゃない？」

都子と政行の間に、のんびりとした声が割《わ》って入る。声の主《ぬし》は、都子の右隣《みぎどなり》で、のほほんとお茶をすすっている川崎優奈《かわさきゆうな》だった。

「都子の所属《しょぞく》している映像学科《えいぞうがっか》では、この間、ホラー映画《えいが》の脚本《きゃくほん》を書く課題が出たんでしょ？今日は、そのためのネタ集めをしたいのよね？」

「あ、バレた？」

未来の映画監督《かんとく》を目指《めざ》している都子としては、相手に身構《みがま》えられることなく、みんなの自然な反応を観察《かんさつ》したかったのだが、一瞬《いっしゅん》で優奈に見破《みやぶ》られてしまった。映像学科と油絵《あぶらえ》学科で所属は違《ちが》えども、都子と優奈は同じ芸大《げいだい》に通っている。映像学科の誰《だれ》かから聞いたのだろう。

「急に怪談話なんて言い出すから、何事かと思ったら、そういうわけか。課題を手伝ってほしいなら、最初からそう言えばいいのに。相変わらず素直《すなお》じゃないな」

ブツブツこぼす政行の隣で、今までおとなしく話を聞いていた桔平が、ふーんと納得《なっとく》したようにうなずいた。

「いいじゃん、怪談話。人間がどういう時に恐怖《きょうふ》の感情を抱《いだ》くのか、俺《おれ》も興味《きょうみ》がある」

桔平は、大学2年生の夏に起業《きぎょう》し、ベンチャー企業《きぎょう》の社長を務《つと》めている。彼の会社では、ロボットや情報機器《じょうほうきき》などを開発している。

桔平はみんなの湯飲みに熱いお茶を足《た》しながら、ニッコリ笑って続けた。

「せっかくだからさ、百物語《ひゃくものがたり》みたいに、みんなで順番に怖《こわ》い話をしていかないか？　なんなら、俺から話し始めるってことで」

「ちょっと待《ま》て、二階堂！　誰もやるなんて――」

「そう、あれは去年のお盆《ぼん》のことだった」

いつでもマイペースな桔平は、政行の制止《せいし》なんて聞いてはいない。それは高校生の頃《ころ》から同じだった。彼は持っていた急須《きゅうす》をコタツの上に置くと、ふと真剣《しんけん》な顔つきになって話し始めた。

「同じくらいの年齢《ねんれい》で社長をやっている連中《れんちゅう》の飲《の》み会に参加した俺は、その晩《ばん》、ひどく酔《よ》っ払《ぱら》ってしまって、タクシーで家に帰ることにしたんだ。この話は、ちょうど青山《あおやま》トンネルを通過したとき、運転手が話してくれたものだよ」

「え、青山トンネル……？」

桔平の発言の中の、ある単語に反応した優奈の声が、震《ふる》えて聞こえる。さっきまで大声でわめいていた政行の、ゴクリとツバを飲みこむ音も、狭い部屋に響く。

無理もない、と都子は思った。青山トンネルといえば、都内でも有数《ゆうすう》の心霊《しんれい》スポットである。桔平はいきなりギアをトップに入れたのだろう。映画で言えば、ノンストップのジェットコースター系ホラー映画を予感《よかん》させる。

桔平は、緊張する一同を愉快《ゆかい》そうに見回し、コタツの前でグッと身を乗り出して続けた。

「なんでも俺を乗せてくれた運転手は、お盆の始まった日の真夜中に、青山トンネルの近くで白いワンピースを着た女の人を拾《ひろ》ったそうだ。その日は夕方から、しとしとと小雨《こさめ》が降《ふ》りそぼっていたのに、その女は傘《かさ》も差《さ》さず、長い黒髪《くろかみ》を雨に濡《ぬ》らしていたらしい。行き先を告げたあと、女が黙《だま》りこんでしまったせいで、運転手は後部座席《こうぶざせき》を気にすることなく、車を走らせていたんだけど……しばらくした頃、うしろから、何かゴソゴソする音が聞こえてきた。怪訝《けげん》に思った運転手がミラー越《ご》しに後部座席を見たとき――」

桔平が口を閉ざし、みんなの反応をうかがいながら言う。

「その女は消えてしまっていた――」

「で、シートがぐっしょり濡れていた、っていうアレ？」

都子がガマンできずに質問《しつもん》する。しかし、桔平はゆっくりと首を横に振った。

「消えた女の代わりに、後部座席には、まったく別の女が座っていた」

「えっ!?　何で？」

「運転手も驚《おどろ》いた。怖《こわ》くてうしろを見ることができない。でも、信号で停車《ていしゃ》したときに、おそるおそるうしろを振り返ってすべてを理解したんだ。その見知らぬ女の隣の座席には、化粧《けしょう》ポーチと濡れた服が置いてあった。運転手が乗せた女は、たった数分の間に完璧《かんぺき》な化粧をして、いつの間にか服も替《か》えて別人《べつじん》のようになっていたんだ。女って、怖いよな」

「いやいや、それじゃ落語だから」

「それに、『女は怖い』って結論なら、桔平、もっと怖い体験談《たいけんだん》があるでしょ！」

桔平は「あれ？　こういう話はダメだった？　まぁ、最初だからさ」と言いながら、楽しそうに笑っている。

これはきっと確信犯《かくしんはん》だ。学生で起業するだけあって、桔平はすっとぼけた態度《たいど》をとっていても、意外と食えないところがある。今だって、都子とは違った意味で、みんなの反応を観察してみたくて、わざとこういう「怪談話」をしたのだろう。

そんな桔平個人の性格は、都子にとっても非常に興味深い観察対象だったが、これではホラー映画作成のためのネタ探《さが》しにならない。

「トンネルにまつわる怖い話なら、私にも経験があるわ」

みんなが脱力する中、不意に口を開いたのは、今までおとなしくしていた優奈だった。

「川崎？　お前に怪談話ができるのか？」

政行が隣に座っている優奈を見て、小馬鹿《こばか》にしたような口調《くちょう》で言う。

いつも穏《おだ》やかな笑《え》みを絶《た》やさずのんびりした口調の優奈から、どんな怖い話が披露《ひろう》されるのか、都子も興味をそそられた。当の優奈は自信満々《じしんまんまん》に「任《まか》せて！」とうなずき、コタツを囲む3人を見て話し始めた。

「去年《きょねん》の夏、クルマに分乗《ぶんじょう》して、みんなでバーベキューをしに湖《みずうみ》に行ったでしょ？　あの日の帰り道に起こった事件よ。これは本当の出来事なんだけど、誰かに話すのは今日がはじめて」

「自分ちのクルマで来てたから、優奈も運転してたよね？」

都子も参加していたし、ここに居《い》る男子二人も、そのバーベキューには参加していたはずだ。

「そう、私が運転していて、誰かを助手席《じょしゅせき》に乗せていたんだけど、誰だったかな――まぁでも、その人は寝ちゃってたから、これは私しか知らない話なの」

優奈は怪談を話しているとは思えない、明るくのんびりした口調で続ける。

「帰り道の国道《こくどう》に古いトンネルがあったのを覚えてる？　長い一直線のトンネルだったけど、照明《しょうめい》もちょっと暗くて道幅《みちはば》も狭《せま》かったのよね。それで私、そのトンネルでクルマを運転している最中《さいちゅう》、金縛《かなしば》りにあったの」

「えっ……」

あっけらかんとした、その口調からは、聴《き》く者を怖がらせようとする意図《いと》は感じられない。それだけに、その話が本当のことであると感じさせられて、都子は鳥肌《とりはだ》が立つのを感じた。

「あー、でも、金縛りというのとは少し違うのかな。体はなんとか動かせるんだけど、ハンドルは動かないし、力を入れていないのにアクセルが踏《ふ》まれたままみたいに、ゆるめられなくなっちゃたのよね。もちろん、ブレーキもきかなかったわ。自分の体というより、クルマが金縛りにあったって感じかな」

「優奈、それは『金縛り』じゃなくて、一般的には『故障《こしょう》』って言うんじゃないのか？」

桔平が、みんなの疑問《ぎもん》を代表して尋《たず》ねる。けれど、優奈は首を縦《たて》に振《ふ》らなかった。

「あれは絶対に故障じゃないわ。結局《けっきょく》、20秒《びょう》くらいそんな感じだったんだけど、急に力が抜《ぬ》けたようにハンドルもアクセルも動くようになったもの。それに、あとからクルマを点検《てんけん》してもらったけど、『どこにも異常《いじょう》はない』って言われたの」

「へぇー、でも20秒もそんな感じなら、けっこう危《あぶ》なかったんじゃない？」

そんな状況下《じょうきょうか》では、さすがにおっとり派の優奈も焦《あせ》ったりするのだろうか。都子の素朴《そぼく》な疑問に、優奈はこっくりとうなずいた。

「うん、あの時はさすがに危なかったわ。たまたまトンネルは一直線だったし、ハンドルもまっすぐの位置《いち》で固定《こてい》されてたから、なんとか無事だったけど、それでもやっぱりだんだんとセンターラインに寄《よ》っていっちゃって、反対車線にはみ出しそうになったの。向こうからは、トラックが近づいてきて、このままだと正面衝突《しょうめんしょうとつ》するって感じたわ。うちの車は左ハンドルだし、幸い体は動いたから、ドアを開《あ》けてクルマから脱出《だっしゅつ》することも考えたけど……本当にギリギリのところでハンドルが動くようになったおかげで、なんとか助《たす》かったの」

「へー、そんなことがあったんだ」

それはたしかに優奈にとっては恐怖の体験かもしれないけれど、聞く者にとっては、そこまで感情移入《かんじょういにゅう》できない。都子は心の中で、ちょっとがっかりした。そのとき、４人が入っているコタツがガタガタと大きく揺《ゆ》れだした。

地震《じしん》？　それとも霊《れい》が降《お》りてきた？

しかし、揺れているのはコタツだけ。原因はすぐにわかった。政行が青い顔でガタガタと震《ふる》えていたのだ。

怪談話をすることに、政行は最初から乗り気ではなかった。この手の話は苦手だったのだろう。しかも、法律を学ぶ者が、たとえば裁判で、「超常現象《ちょうじょうげんしょう》」を認《みと》めるわけにはいかない。そのおかげで、大学に進んでから、だんだんと体がオカルトやホラーを受けつけなくなってしまったのかもしれない。しかし、それにしてもこんなに怖がらせてしまうことになるとは……都子はちょっと申《もう》し訳《わけ》ない気持ちになって、政行の緊張《きんちょう》をほぐすために、わざと明るい声で言った。

「政行、大丈夫？　今の優奈の話、そこまで怖くはないでしょ？」

ようやく震えがおさまってきたのか、政行は、一度自分を落ち着かせるように目を閉じ、やがて血の気が引いて白くなった唇《くちびる》から、途《と》切《ぎ》れ途切れに言葉を吐《は》き出《だ》した。

「怖い、怖くないの問題じゃない。川崎は忘れていたようだが、その……バーベキューの帰り道、川崎の車の助手席に座っていたのは俺なんだ」

「え？　てことは、政行は優奈が『金縛《かなしば》り』にあっていることに気づかなかったの？」

「ああ……川崎が言ったように、俺はバーベキューの肉体労働《ろうどう》に疲《つか》れて寝ていたから……。そのとき、川崎の『金縛り』がもう少し長く続いていたら……一歩間違えていたら、俺は今、この世にいなかったんだ……」

「…………」

「俺は、眠《ねむ》っているうちにトラックに衝突《しょうとつ》して、そのまま死んでいたんだ。でも死んだことにも気づかず、こうしてみんなと鍋《なべ》を囲むこともできず、亡霊《ぼうれい》となって鍋パーティーをながめることになっていた。そう思うと……」

政行の言葉は、最後のほう、涙声《なみだごえ》にすらなっていた。

しかし、当《とう》の優奈は「あ、そうかもしれないわね」なんてのんきに言って笑《わら》っている。

都子は背筋《せすじ》がぞっと冷たくなるのを感じた。時には幽霊《ゆうれい》が出てくる怪談話より、もっと怖い話がある。「げに恐《おそ》ろしきは人の心なり」。都子は心のメモ帳にそう書き記した。

老夫婦《ろうふうふ》の離婚《りこん》

春を感じさせる穏《おだ》やかな風が窓《まど》から吹《ふ》きこんでくる。

その日、1年生での最後の試験《しけん》を終えた美樹《みき》は、悩《なや》み解決部《かいけつぶ》の部室《ぶしつ》で机《つくえ》に上半身を投げ出し、その表面に頬《ほお》をべったりとくっつけていた。

いろいろな意味で、あらゆるものが終わった。

最終日《さいしゅうび》の試験科目は、世界史《せかいし》、古典《こてん》、生物《せいぶつ》に保健体育《ほけんたいいく》という、記憶力《きおくりょく》の限界《げんかい》を試《ため》されるかのような組み合わせで、途中《とちゅう》で何度も泣《な》きたくなった。このあとに楽しい試験休みと春休みが待《ま》っていると思っても、セットでやって来る通知表のことを考えると、今から胃《い》が痛《いた》い。それに、こんなふうに悩んでいるのは、この部屋の中で自分だけかもしれないというのもまた、腹《はら》立《だ》たしかった。

机の上に伏《ふ》せたまま、目線だけで部屋の中を確認する。そこには、いつもと同じ光景《こうけい》が広がっていた。試験の最終日だろうと、ふつうの日だろうと、その姿《すがた》は変わらない。大河内隆也《おおこうちたかや》が部屋の隅《すみ》で黙々《もくもく》と本を読んでいる。

隆也は最近《さいきん》、美樹が読んだこともないような小説や、彼のイメージには合わないような作品もたくさん読んでいるらしい。エリカが毒《どく》づいているシーンをよく見かける。

どんな時だろうが、何を言われようが、隆也はいつでも隆也だ。だけど、マイペースであることにかけては、もう一人のメンバーであるエリカも負けていない。さっき立ち寄《よ》った購買部《こうばいぶ》で、おやつにハーゲンダッツの何味《なにあじ》を買うか、真剣《しんけん》に悩んでいた。今は嬉々《きき》として、ストロベリーの濃厚《のうこう》な甘《あま》さを堪能《たんのう》していることだろう。

美樹はエリカのほうに顔を向け――ふと眉《まゆ》をひそめた。好物のハーゲンダッツを食べているのに、その表情は険《けわ》しく、眉間《みけん》に深いシワが刻《きざ》まれている。

「エリカ、どうしたの?」

不思議《ふしぎ》に思って美樹が話しかけると、エリカがブスッとした声で答えた。

「美樹! 試験が終わった開放感《かいほうかん》に酔《よ》って、すっかり忘《わす》れていると思うけど、私たちは今、ゆゆしき事態《じたい》に直面しているわ」

「ゆ、ゆゆしき？」

日常生活では耳慣《みみな》れない単語の登場に、思わず机から顔を上げて聞き返す。びっくりした顔の美樹を見返して、エリカは重々しくうなずいた。

「そう、今日は期末試験の最終日。このまま何事もなければ、私たちは来月、２年生に進級してしまうのよ！」

「……だから？」

美樹にはエリカの考えがさっぱりわからなかった。進級できることの何が問題なのだろう？ とまどう美樹の横で、エリカがアイスクリームのスプーンをピコピコと横に振《ふ》りながら、深いため息《いき》をついた。

「美樹は、私たちが悩み解決部を立ち上げたときの目標を忘れたの？ 私たちは部を名乗ってはいても、正式にはまだ同好会。部に昇格《しょうかく》するためには、あと４人メンバーを集めなければならないのよ！」

「あ、そういえば」

悩み解決部にしろ、悩み部にしろ、「部」つきで呼ばれることが多いため、すっかり忘れていたけれど、本当の「部」として認められるためには、7人以上の部員が必要とされる。

「部になったところで、大会に出場するわけでもないし、やることも変わらないんだから、今のままでもいいんじゃない？」

正直なところ、新しいメンバーが加わることで、この「悩み解決部」がどう変わってしまうのか、美樹には不安であった。エリカと隆也には、「変わってほしい」「人づきあいにおいて、もっと成長してほしい」と思う部分も多かったけれど、そのことで、すべてのバランスが崩《くず》れてしまうのは、美樹のもっとも恐《おそ》れることでもあった。

「同好会のままなんて嫌《いや》よ！　せっかく世のため、人のためになる活動をしているのに。第一、私たちがこの1年間で勧誘《かんゆう》に成功したのが、あの地蔵《じぞう》だけなんて……！」

美樹の心配などつゆ知らず、エリカがいら立たしげに髪《かみ》をかきむしる。その視線は、部室の隅《すみ》で黙々《もくもく》と読書に没頭《ぼっとう》している隆也のことをにらんでいた。

「地蔵、あなた、そんなに小説が好きなら、文芸部《ぶんげいぶ》に行きなさい！」

あまりの騒々《そうぞう》しさに、読書を続けられないと判断したのか、隆也が読んでいた本から顔を上げ、落ちてきた眼鏡《めがね》を指の先でクイッと持ち上げる。怒っているわけではないらしい。

「部員が必要だというのなら、俺《おれ》が部員集めに協力してやろうか?」

「だから、その他人事《ひとごと》みたいな言い方が腹立つのよ! この問題は、私たちだけで解決するから、地蔵は邪魔《じゃま》しないで見てなさい」

本心では、同じ悩み解決部のメンバーとして隆也の実力を認めているくせに、それを表立って認めるのが嫌なのだ。ブスッと頰《ほお》をふくらませたエリカと、何を言われても本物のお地蔵さんのように表情一つ動かさない隆也を見て、美樹が頭を抱《かか》えた。そのとき、部室の扉《とびら》がコンコンとノックされた。

「この忙《いそが》しいときに誰《だれ》!? ノックしたってことは、樽《たる》じゃないわね。私たちに何か相談?」

不機嫌の極致《きょくち》にあっても、悩み解決部を頼って来た人の存在《そんざい》を無視《むし》することはない。エリカが律儀《りちぎ》にも立ち上がって、扉を開《あ》けに行く。

そして、扉の先に現れた人の姿《すがた》に、美樹は軽い驚《おどろ》きを覚えた。

「ーーBの、吉川仁美《よしかわひとみ》さん……?」

風が吹いたら今にも飛ばされてしまいそうなほど華奢《きゃしゃ》な身体《からだ》を、膝丈《ひざたけ》スカートの制服《せいふく》に包《つつ》んでいる。白くきめの細かい肌《はだ》といい、艶《つや》のある長い黒髪といい、本来なら美少女と呼ぶにふさわしい条件を兼《か》ね備《そな》えているのに……残念かな、うつむきがちな姿勢《しせい》と、牛乳ビンの底のように分厚《ぶあつ》い眼鏡のせいで、誰もそのようには認識《にんしき》していない。

彼女は、なかなかその素顔《すがお》を見られないことから、「未確認生物（UMA）」にかけて、「ヒトミ」ならぬ「UMA美《ユマみ》」と男子から呼ばれる、吉川仁美だった。

「扉の前で固《かた》まって、どうしたの？　悩み相談なら聞くわよ。ただの冷やかしなら、今すぐ回れ右！　他人《たにん》の暇《ひま》つぶしにつきあっていられるほど、私たちも暇じゃないの」

エリカには、強くて高慢な人には反抗的《はんこうてき》になり、弱くてモジモジグズグズする人にはイラ立つ傾向《けいこう》がある。

「エリカ！　相談しにきてくれた人を、そんなに怖《こわ》がらせてどうするの？　ごめんね、吉川さん。えーと……もしよかったら、こっちに来て座《すわ》らない？」

美樹が慌《あわ》てて笑いかけると、オドオドしていた仁美の雰囲気《ふんいき》が少しだけ和《やわ》らいだ。彼女はエリカと隆也の2人を見てとまどっていたようだが、最後には音もなく近づいてきて、美樹の隣《となり》のイスに腰掛《こしか》けた。

「こうして話すのは初めてよね。私たちに何か相談？」

テニス部の結衣《ゆい》や、この仁美など、気弱《きよわ》な人を相手に話すときは、とにかく笑みを絶《た》やしてはならない。間違《まちが》ってもエリカのように、相手を怖がらせてはダメなのだ。

美樹が根気強く答えを待っていると、やがて仁美がポツリとこぼすように口を開いた。

「『何か困《こま》ったことがあったら、悩み部に相談してみたら』って、礼音《れおん》に勧《すす》められて……」

「礼音？　って、あのチャラい外見のくせに、中身は歴史《れきし》オタクの正木《まさき》礼音のこと⁉」

明らかに毒《どく》を含《ふく》んだエリカの物言いに、仁美が細い肩《かた》をビクッと震《ふる》わせる。彼女の口から礼音の名前が出たことが意外で、美樹もついたしなめるのを忘《わす》れてしまった。

「吉川さんと正木くんって、意外な組み合わせね」

思わずしみじみとつぶやく。その言葉に、仁美がフルフルと首を横に振った。

「まさか、あなたが中国の武将《ぶしょう》かなんかを好きなのを、正木くんが嫉妬《しっと》してケンカになったってオチじゃないわよね？」

以前、菜乃佳《なのか》と淳《あつし》のバカップル騒動《そうどう》に巻《ま》きこまれたときのことを思い出したのか、それをあてこするようにエリカがつっこむ。

だけど、エリカのそんな嫌味《いやみ》が仁美に伝わるはずもなく、彼女はキョトンとした顔で、再び首を横に振った。

「エリカ、吉川さんが正木くんとケンカしてるなら、正木くんのアドバイスで、ここに来たりしないよ」

美樹の補足を受け、恋愛《れんあい》相談にへきえきしているのか、エリカが少しほっとした顔つきになった。

「よかった。それじゃあ、吉川さんの相談は恋愛がらみじゃないのね？」

「えっと、その、恋愛相談と言えなくもないけど、少なくとも、私のことじゃないわ」

「え？　――なら、誰のよ？」

「今年《ことし》で101歳《さい》になる、曾《ひい》おじいちゃんと曾おばあちゃんの離婚《りこん》問題についてなの」

『はぁっ!?』

予期せぬ仁美の発言に、美樹は不謹慎《ふきんしん》にも、エリカと一緒《いっしょ》になって大声を上げてしまった。

今まではどんなことにも動じなかった隆也まで、本から顔を上げてこちらを見ている。

101歳の離婚問題なんて、一瞬《いっしゅん》聞き違いかと思ったけれど、そうではないらしい。仁美は、真剣な顔つきで話を続けた。

「曾おじいちゃんたちは21歳のときに結婚したっていうから、かれこれ4分の3世紀以上も連《つ》れ添《そ》ってきたことになるわ。苦しいときも楽しいときも、いつも互《たが》いに支《ささ》え合《あ》う2人の姿《すがた》を見て、私も『ああいう夫婦っていいなぁ』と思っていたのに……それが突然、この間、曾おばあちゃんが曾おじいちゃんに三行半《みくだりはん》をつきつけて、離婚するって宣言《せんげん》したの」

「すごいわ。101歳で三行半って、超熟年《ちょうじゅくねん》離婚じゃない。あと数年我慢《がまん》すればいいだけなのに、なんで今さら離婚なんて――」

「エリカ！　言葉が過ぎるわよ！」

世の中には、心の中で思っていても、冗談《じょうだん》でも口にしてはいけないことがある。エリカの言葉が仁美を傷つけてしまったのではないかと美樹は心配したけれど、当の仁美は、「大丈夫《だいじょうぶ》よ」と言って、うつむきがちな顔に苦笑《くしょう》を浮かべた。

「だって、私も同じことを考えたもの。だけどね、私たち家族がどれだけなだめても、曾おばあちゃんは頑《がん》として『離婚する』って譲《ゆず》らないの。私たち、最期《さいご》まで仲良く2人に連れ添ってもらいたいのに……。最初、礼音に相談したら、『そのケースは、中国の古典の中にもないな』って言って、あなたたちを紹介《しょうかい》してくれたの」

「吉川仁美、お前の相談は、離婚の理由を知りたいということか、それとも、離婚をやめさせたいということなのか？」

突然割りこんできた低い声に、仁美がビクッとする。見ると、今まで黙《だま》ってみんなのやり取りをながめていた隆也が、イスごとこちらを向いていた。

「うーん……まずは理由を知りたい。その理由さえわかれば、離婚を思いとどまらせる方法は、あとから考えられると思うの」

仁美の答えに、隆也は思案《しあん》するように顎《あご》をなでながら続けた。

「最初に確認しておきたいのだが、吉川仁美、お前の曾祖父母は仏教徒《ぶっきょうと》か？」

「え……」

急な質問に面食《めんく》らって、仁美が目を丸くする。一拍後、彼女は静かに答えた。

「一応うちにはお仏壇《ぶつだん》があるから、２人とも仏教徒だと思うけれど……」

仁美の発言は、しかし、エリカの大声によってさえぎられた。

「わかったわ!!　吉川さんの曾おばあさんは、旦那《だんな》さんと一緒のお墓《はか》に入るのが嫌《いや》になっただけじゃない？　前にテレビのドキュメンタリーで見たんだけど、同じお墓だと、死んだあとまで夫にこき使われそうで嫌だっていう女の人もいるんだって」

「エリカ……」

親友の突拍子《とっぴょうし》もない答えに、美樹は額《ひたい》を押さえながら、かぶりを振った。

「それだけじゃ、何の説明にもなってないわ。もし、そうだったとしても、それじゃあ、なんで一緒のお墓に入るのが嫌なのかってことが疑問《ぎもん》として残るだけだもの。第一、吉川さんの曾おじいちゃんと曾おばあちゃんは仲良しだったんでしょ？　今頃《いまごろ》になって、お墓が離婚の原因になるなんて――」

「……でも、近いものはあるかもしれないわ」

「え？」

仁美がポツリとこぼした一言に、皆の動きが止まる。全員の注目が自分に集まったことに気づいて、彼女は恥《は》ずかしそうに顔を前髪で隠《かく》しながら、ボソボソと小声《こごえ》で続けた。

「私にとって、２人は理想の夫婦だったわ。私が遊びに行くと、いつも２人並《なら》んで笑顔で迎《むか》えてくれたし、曾おじいちゃんが去年、転んで足の骨《ほね》を折って、布団《ふとん》から起き上がれなくなったときも、同居のおじいちゃんと協力して、曾おばあちゃんは一生懸命《いっしょうけんめい》お世話をしてたの。けど、それがね、ｰヵ月前におじいちゃんが80歳になってすぐ肺炎《はいえん》で亡《な》くなってから、急に何もしなくなっちゃって、しまいには離婚するって言い出したの……」

「おじいちゃんて？」

「曾おじいちゃんと曾おばあちゃんの一人息子《ひとりむすこ》よ。その頃にしてはめずらしく、おじいちゃんは一人っ子だったから、両親――曾おじいちゃんと曾おばあちゃんに、とっても可愛《かわい》がられたって、おじいちゃんが生前、よく言ってたわ」

「それは、逆縁《ぎゃくえん》の不幸というやつだな」

どんよりと空気の重たくなった部室の中で、隆也の冷静な声が響《ひび》く。

「逆縁って、どういうこと？」

隆也が口にした耳なれない単語の意味がわからず、美樹が聞き返すと、彼は読みかけの本を閉じて答えた。

「逆縁とは仏教からきている用語で、一般に子どもが親より先に亡《な》くなることを指す。いくつになっても、親は親だ。息子に先立たれたせいで、吉川仁美の曾祖母は気力がなえたのだろう」

「でも、それじゃあ、離婚を望む理由にはならないじゃない」

隆也の意見をさえぎり、声を上げたのはエリカだった。

「前に心理学の本で読んだけれど、離婚って一般的に死別《しべつ》よりもストレスが高いのよ？　もう先も長くないのに、あえて今離婚するなんて、よっぽどのことよ。吉川さんの曾おばあさんは、旦那さんの介護《かいご》を一人でやることが嫌になったんじゃないの？」

「そんなことないわ。だって、曾おじいちゃんの介護は、曾おばあちゃんだけがやってたわけじゃないもの。体力を使うから、実際《じっさい》には、私のお母さんや私だって手伝ってたんだから」

エリカの発言が自分を責《せ》めているように感じたのか、仁美が強い口調でそれを否定《ひてい》する。

「80年近くも続いた愛情が、こんなにもあっさり終わりを告げるなんて、私は信じたくない！でも、どうして曾おばあちゃんは、弱った曾おじいちゃんを見捨《みす》てるような真似《まね》をするの？離婚がどうこう言う以前に、私は曾おばあちゃんの本音《ほんね》を知りたいの！」

「吉川さん……」

うつむいた仁美の頰《ほお》を、一筋《ひとすじ》の透明《とうめい》な涙《なみだ》がつーっとこぼれ落ちた。

仁美といい、中国史オタクの礼音といい、人の中身というのは、その外見からだけでは推《お》し量《はか》れない。仁美は一見《いっけん》おとなしいだけの少女に見えるが、心の内にはこんなにも激《はげ》しい思いを秘《ひ》めている。彼女がこうして胸《むね》の内《うち》をさらけ出すなんて、よほど悩んでいたのだろう。

思わぬ激情《げきじょう》を前にして、なんと声をかけたらよいかわからず、言葉につまる。そんな美樹の前を通り、席を立ったエリカが仁美のもとに歩いて行った。線の細い肩に正面から手を置いて、にっこり笑う。

「もうそんな暗い顔しなくてもいいわよ、吉川さん。あなたの悩み、この悩み解決部が引き受けたんだから！」

それから1週間後、美樹は早朝《そうちょう》の公園で、こみ上げてくるあくびを必死にかみ殺《ころ》していた。いつもと違う飼《か》い主《ぬし》の様子を不思議《ふしぎ》に思ったのか、犬のコロがクゥーンと鳴《な》いて、様子を探《さぐ》るように上を向く。美樹は「大丈夫よ」と笑いかけ、リードを握《にぎ》る手に力をこめた。

せっかくの休みだというのに、なぜ朝の6時に起きなければならないのか、という不満《ふまん》はある。それでも、これは自分にしかできない役目《やくめ》だし、仁美の役に立ちたいと思ったから、引き受けた。

飼い主の苦労などつゆ知らず、茶色のしっぽをフリフリさせているコロと並び、公園の遊歩《ゆうほ》道《どう》を歩いていく。やがて美樹は、池のほとりに置かれたベンチの前で立ち止まった。

ベンチに座るしわくちゃのおばあちゃんが、美樹に気づいて、にこやかに笑いかけてくれる。

「美樹ちゃん、コロちゃん、おはよう。今朝《けさ》も早《はや》よからえれぇねぇ」

「ヨネさんこそ、相変わらず、お元気そうですね。100歳を超《こ》えてヨネさんみたいに元気な人、私見たことがないです」

美樹の言葉に、ヨネが口元《くちもと》に刻《きざ》んだシワを深くした。

最初に会話を交《か》わしてから、今日でちょうど1週間になる。この小柄《こがら》でキュートなおばあちゃんの名字は吉川。悩み解決部に相談に来た吉川仁美の曾祖母《そうそぼ》だった。

あの日、ヨネが夫に離婚を迫《せま》る理由を探ることでみんなの意見は一致《いっち》したけれど、いかんせん、何の縁《えん》もゆかりもない高校生が急にそんな質問をしたところで、答えてくれるはずもない。

そこで、美樹たちは一計《いっけい》を案《あん》じた。

ヨネは毎朝、近所の公園へ散歩に来ている。そして彼女は大の犬好きらしい。そこで、コロを利用し、偶然《ぐうぜん》を装《よそお》って彼女に近づいて仲良《なかよ》くなれば、いろんな話を聞き出せるようになるはずだと考えたのだ。

これは犬を飼っている者にしか――何より、どこにいたって目立ってしまうエリカや隆也と違い、見た目も中身も平凡《へいぼん》な自分にしかできない仕事だ。

いつも平凡であることにコンプレックスを覚えていたけれど、その平凡さが、時には「親《した》しみやすさ」という武器《ぶき》になることもある。重大な役目《やくめ》を負った以上、ここはしっかりやらなければならない。

問題は、いつもの世間話から、どうやってヨネの離婚に話をもっていくかだ。急に家庭の事情を聞いたりしたら、いくら何でも怪《あや》しまれてしまう！

最近身についた習慣《しゅうかん》で、ヨネの隣《となり》に座って、コロのリードを少し長くする。思わず考えこんだ美樹の前に、ヨネがリュックサックから取り出したタッパーをおもむろに差し出してきた。

「ヨネさん、これは……？」

「あたしが作ったぼたもちなんだけど、もしよかったら、一緒に食べねかい？」

ヨネが開《あ》けたフタの下から、つやつやとした粒《つぶ》あんのかたまりが顔を出す。ニコニコほほえむヨネの姿《すがた》に、美樹は頭が混乱するのを感じた。

こんなに気が利《き》いて、やさしいおばあちゃんが、寝《ね》たきりの夫に三行半《みくだりはん》をつきつけたなんて、やっぱり何かの間違いじゃないだろうか？

思わず無言で、ヨネの顔をじーっと見つめてしまう。すると、美樹の様子がおかしいことに気づいたヨネが心配そうに話しかけてきた。

「美樹ちゃん、どしたんさ？　何か悩み事でもあるのかえ？」

「えっ、ヨネさん、どうしてわかるんですか？　実は、離婚のことが気になって――」

千載一遇《せんざいいちぐう》のチャンスに、口が勝手《かって》に反応して、考えてもいなかったウソがスラスラと出てきた。美樹は、自分のウソに自分で驚いた。まさか自分にこんなことができるなんて！　けれど、

「離婚？」

ヨネが、深いシワが刻《きざ》まれたまぶたをパチパチとまばたかせる。その様子に、美樹は、「この話題はちょっと早かった」と後悔《こうかい》した。

「あ、何でもないんです。離婚っていうのは、その……」

美樹はとっさにごまかそうとして――途中で言葉を飲みこんだ。今まで和《なご》やかにほほえんでいたヨネが隣で背筋《せすじ》を正し、じっと自分の話に耳を傾《かたむ》けていたのだ。

こちらを見るヨネの表情が、慈愛《じあい》に満ちたものに変わっていく。これはひょっとしたら、いけるんじゃないか……？

美樹は、緊張《きんちょう》で上がってきた呼吸《こきゅう》を整えるため、ヨネには気づかれないようにこっそり息を吸うと、思い切って口を開いた。

「実は、あの、うちの両親が今度離婚するかもしれなくて……」

ヨネの顔色がさらに変わったのが、気配《けはい》でわかる。美樹は「ウソをついて悪い」と思いつつも、せっかくのチャンスを逃《のが》すわけにはいかなくて、うつむきがちに言葉を継《つ》いだ。

「うちの両親はとても仲の良い夫婦だったんですけど、なんていうか、その、父に対する母の愛が急に冷《さ》めてしまったようで……夫婦の愛って、永遠じゃないんでしょうか？」

「……………」

不意にあたりを包《つつ》んだ沈黙《ちんもく》の中で、池の鳥が気になったのか、コロがキャンキャンと鳴く声だけが、妙に大きく響《ひび》いて聞こえる。

美樹の問いに、ヨネはいつまで経《た》っても答えなかった。美樹なりに頑張《がんば》って探《さぐ》りを入れたつもりだったけれど、平凡な自分の演技《えんぎ》では、やはりうさんくささが目立ってしまったのだろうか？

両肩にのしかかるような重たい沈黙《ちんもく》に耐《た》えきれず、美樹が話題を変えようとした。まさにそのとき、隣の席でヨネがフーッと細く長いため息をつくのが聞こえた。

「美樹ちゃんにこんなことを言うのはすまねぇけど、あんたみたいに可愛《かわい》い娘さんを悩ませるなんて、美樹ちゃんのお父さんもお母さんも、大馬鹿者《おおばかもの》だよ」

「ヨネさん……？」

「子どもは、お父さんもお母さんも大好きなんだよ。離婚していちばん傷つくのは子どもなのにさ、そんなこともわからないなんてなぁ……。美樹ちゃん、お前さんには弟さんか、妹さんは、いるのかえ？」

「あ、はい。小学生の弟が一人……」

「じゃあ、なおさらじゃ。お父さんとお母さんを別れさせちゃなんね」

驚いてヨネを見る。まっすぐに公園の池を見つめる、その顔からは、まるで能面《のうめん》のようにすべての表情が抜け落《ぬお》ちていた。

「こんなこと話すのは、恥《はじ》をさらすようで嫌だけんど、実はあたしも離婚したのさ」

「え……」

仁美は、曾祖父と曾祖母は若い頃に結婚し、それから最近、離婚問題が持ち上がるまでは仲むつまじく暮らしていた、と言っていた。つまり、ヨネは今、小さなウソをついている。しかし、美樹には、「離婚した」と過去形《かこけい》で語られたそのウソこそ、「果《は》たされなかったヨネの願望《がんぼう》」を物語っているように思えてならなかった。

「どうして離婚したんですか？」

「結婚したばかりの頃、あたしの妊娠《にんしん》中に、主人《しゅじん》が浮気《うわき》をして外《そと》で女を作ったのさ」

――この部分は本当のことだろうか!?　さすがに100歳を過ぎてから浮気をしたのではないと思う。いきなり問題の核心に近づいて、姿勢を正す。そんな美樹の変化には気づかず、ヨネは淡々《たんたん》とした口調で続けた。

「あのとき、主人の浮気を知ったあたしゃ、即座《そくざ》に離婚を決意したわ。昔はお見合い結婚が多かったけど、あたしと主人は大恋愛の末《すえ》、駆《か》け落《お》ちまでして結婚したんさ……。それなのに、あの人、あたしを裏切《うらぎ》ったんだよ。もう絶対に許《ゆる》すことなんてできないと思ったよ。でもね、主人は、カバンにありったけの荷物をつめ、身重《みおも》の身体で出て行こうとする私の足にすがりついて、泣きながら訴《うった》えたのさ。『俺《おれ》のことは許さなくてもいい。だけど、父親がいないんじゃ、生まれてくる子どもがかわいそうだ』って」

「それで、離婚は――」

息をのんで答えを待つ美樹の隣《となり》で、ヨネは静かに首を横に振《ふ》った。

「今の時代と違って、あの頃、父親のいない子は、みんなから馬鹿にされたんだわ。あたしは、親の身勝手《みがって》のせいで、子どもにつらい思いをさせたくなかった。だから『今回だけは許しましょう』と言って、離婚をあきらめたんだよ」

「え、じゃあ、それからご主人とは――」

「仲がいい夫婦になったさ。だって子どもにつらい思いをさせたくなかったし、主人の浮気もそれきりで、それからは家庭を大事にしてくれたからね。ただ、子どもを産むのは怖《こわ》くなったから、それ以上子どもは産まんで、一人きりの息子《むすこ》を大切に育てたわ。でも……その後、息子があたしたちよりも早く天国に行ってしもうてな。そうなったら、もう主人と一緒にいる必要もないから、別れたのさ」

「…………？」

やっぱりヨネはウソをついている。しかし、それは、これからしようとしている離婚を、過去のものとして語っているところだけだ。

事情を知らない人が聞けば、息子さんは小さい頃に亡くなったように思うだろう。しかし、実際に息子さん――仁美の祖父《そふ》が亡くなったのは、つい最近、80歳になってからだという。

「えーと、ヨネさんの息子さんというのは――」話を聞いているうちに、美樹はだんだんと混乱してきた。

「あの子は親思いのいい子だったよ。あたしゃね、あの子のためだけに、あの人との結婚生活を続けてきたんだ。息子を悲しませないようにするためなら、何年でも、何十年でも、愛のない生活を続けられたのさ。それなのに、あの子が先に逝《い》ってしまうなんてね。だから、あの人との関係もこれで終わりだ」

「…………」

透《す》き通《とお》った青空に負けないくらい、晴《は》れ晴《ば》れとした顔でヨネが笑う。

結婚相手への愛がないまま80年間も一緒に暮らせるものだろうか。思い出話のどこまでがウソなのだろうか。ヨネの笑《え》みの裏《うら》に、時間ですら解決できない思いの深さを垣間《かいま》見《み》た気がして、美樹は背筋《せすじ》がぞっと冷たくなるのを感じた。

［スケッチ］

新しい営業《えいぎょう》マン

よく晴れた日の朝、都子《みやこ》は高いビルの並《なら》ぶオフィス街《がい》を一人で歩いていた。ビルの陰《かげ》になって、ある程度《ていど》さえぎられているとはいえ、徹夜明《てつやあ》けの目に朝日がまぶしい。

「ドラキュラが太陽の光に弱いのは、きっと若い女性の生き血《いち》を求めて、徹夜で活動しているからよね。規律《きりつ》正しい生活を送れば、ドラキュラも太陽の光に強くなるのに……」

最近、コメディタッチのホラー映画の脚本《きゃくほん》を書いているせいか、どうしても思考が変な方向にいってしまう。そんな自分を「いけない、いけない」とたしなめて、都子は大通りに面したビルの前で足を止めた。

「それにしても、桔平《きっぺい》の会社のオフィス、いい所にあるわよね」

友人である二階堂《にかいどう》桔平は大学在学中に起業し、今は学生業のかたわら、会社を経営している。

都子は、暇《ひま》のある時に桔平のオフィスを訪ねては、雑談《ざつだん》に興《きょう》じるのを楽しみにしていた。桔平が教えてくれる、会社の出来事や社員のエピソードは、「人間観察《かんさつ》」を主食とする都子にとっては、何よりのご馳走《ちそう》なのだ。

しかし、今日、桔平のオフィスを訪問するのは、そのご馳走をいただくためではない。桔平が持っているDVDのコレクションから、資料《しりょう》となるホラー映画のDVDを借《か》りるためである。

「いつでもいいから取りにきて」という桔平の言葉に甘《あま》えて、都子は徹夜明けで重たい頭を押《お》さえながら、彼の会社が入っているオフィスビルを訪《おとず》れた。

都子がインターホンを押すと、ピンポーンという軽い音がし、誰かが通話に応じる気配《けはい》がした。しかし、インターホンから声は聞こえず、その代わり、何やらシャカシャカという雑音が聞こえてきた。

映画の効果音などを聞き慣《な》れているおかげで、都子の耳は人一倍、音に敏感だ。自分の記憶《きおく》がたしかならば、それはキャンディの包み紙《つつみがみ》を開《あ》ける音に違いなかった。続いて聞こえてきた、口に何かを含《ふく》んで話しているような声が、都子の推測《すいそく》を裏《うら》づけた。

「何様《なにさま》ですか?」

——可能《かのう》な限り好意的《こういてき》に考えて、「どちら様」と言おうとして間違《まちが》えたのだろう。そうとでも考えなければ、インターホンのむこうから「何様《なにさま》ですか？」などという声が聞こえるはずがない。しかし都子は、そんな不信感《ふしんかん》はおくびにも出さず、オフィスを訪ねる者の最低限《さいていげん》の礼儀《れいぎ》として、背筋《せすじ》を正して答えた。

「こんにちは、私、二階堂社長の友人の大河内《おおこうち》都子と申します。二階堂社長からお借りするものがあって――」

「じゃあ、どうぞ」

こちらの言葉を最後まで聞かずに、オートロックの玄関扉《げんかんとびら》が開けられる。

いったい今のは誰《だれ》なのだろう？　インターホン越《ご》しとはいえ、人の話を最後まで聞かないなんて、失礼じゃないか？

わずか、1分程度の時間で、こんなにもイラッとさせられたのは久しぶりであった。

胸の奥でくすぶる不満を表に出さないように気をつけながら、7階でエレベーターを降りる。そして、オフィスへ入った瞬間、都子は不信が確信に変わるのを感じた。

オフィス中央付近《ふきん》のデスクに座っている男が、「社長は奥の部屋」とだけ言って、デスクのパソコンに視線《しせん》を戻す。間違いなく、先ほどの声だ。

男は都子に対して背を向けてパソコンを使っていた。そのおかげでモニターの画面が丸見えだったのだが、彼は明らかにパソコンでゲームをしていた。もっとも、桔平の会社の事業内容からして、それが遊びなのか仕事なのかはわからなかったけれど……。

男の失礼な振《ふ》る舞《ま》いに、都子は怒りを通り越して感心してしまった。

「すごいわ。ここまで絵に描いたようなダメ社員っていうのも、めずらしいわね。いつかネタにできそう」

思わぬ収穫《しゅうかく》を喜ぶ一方で、しかし都子は、彼が桔平の部下だというところが気になった。訪問客が自分であったからよかったものの、もし自分が大切な商談相手だったりしたら、どうするつもりだったのだろう？　そもそも、あんな社員を桔平が採用していること自体が不思議《ふしぎ》だった。

桔平の会社の行《ゆ》く末《すえ》を心配しながらも、勝手《かって》知《し》ったる他人の会社というやつで、迷わず桔平のいる社長室へ向かう。

桔平はいつも通り、大きなデスクの上にパソコンのモニター画面を3つも並べて、そのひとつ一つとにらめっこをしていた。人工知能のシミュレーションでもやっているのか、黒い画面には黄色や緑の数式がいくつも並んでいる。

都子が入ってきたのを見て、桔平が顔を上げた。彼も自分と一緒で徹夜明けなのか、目の下に真っ黒なクマを作っている。

「おはよう、都子。頼まれていたDVDは、そのテーブルの上にあるから持っていってくれ。何か飲みたかったら、給湯室《きゅうとうしつ》で適当にいれて。今日は香川《かがわ》さんが休みだからさ、ごめん！」

「香川さんって、いつも受付で対応をしてくれている事務の人？　だから、今日は初めて見る人がインターホンに出たのね」

「あれ？　都子は、合田《ごうだ》は初めてだっけ？　あいつはこの間、他社から引き抜いてきた営業《えいぎょう》の人間だよ。これからうちで、顧客《こきゃく》の新規開拓《しんきかいたく》を担当してもらおうと思ってさ」

「あの人、営業なの!?」

桔平の発言に、都子はついすっとんきょうな声を上げてしまった。

あの失礼な男が営業だなんて……物語としては面白《おもしろ》いけれど、桔平の会社はそれで大丈夫なのだろうか？

都子の心配ははっきり顔に出ていたらしい。イスの背もたれに体重を預《あず》けた桔平が、頭の後ろで腕《うで》を組みながらクスッと笑った。

「都子にそんな顔をさせるなんて、あいつはやっぱり大物《おおもの》かもしれないな」

「やっぱり?……って、どういう意味?」

妙《みょう》な引っかかりを覚えて、聞き返す。身を乗り出した都子を見て、桔平の口元に苦笑《くしょう》が浮かんだ。

「あの合田って奴《やつ》はさ、元々うちに飛《と》び込《こ》みで営業をしに来たんだよ。その時のやり取りが、なんというか、まぁ、ある意味新鮮《しんせん》で……」

いつも決断力にあふれている桔平が、こんなふうに、奥歯《おくば》に物がはさまったような言い方をするなんてめずらしい。こういう時はきっと——ネタになる!

ネタのにおいをかぎつけた都子が、心の中のメモ帳をそっと用意する。長いつき合いのせいか、桔平にはこちらの考えが手に取るようにわかるのだろう。彼は少し気まずそうに頭をかきながら、合田正《ただし》との出会いを話してくれた。

それは、今から3ヵ月ほど前のこと。桔平はその日、朝から頭を抱えていた。

会社での採用面接《さいようめんせつ》がうまくいかなかったため、「来年度の新卒採用はなし」と決めた。けれど、会社の業績《ぎょうせき》は右肩上《みぎかたあ》がりで、ますます忙《いそが》しくなる。どう考えても人手が足りない。今いる社員だけで仕事を回していったら、近い将来、過労死《かろうし》する人が出てしまう！

「参《まい》ったなぁ……俺は24時間働いても疲《つか》れないけど、それを社員に強制《きょうせい》はできないからな。もう一人、自分がいればなぁ……」

桔平が弱り果てて、頭をかいた。その矢先、社長室の扉《とびら》がノックされ、見るからに仕事ができそうな雰囲気《ふんいき》の20代半ばであろう女性が顔を出した。桔平が起業した頃からのつき合いで、会社の事務全般《じむぜんぱん》を担当してくれている香川夏美《なつみ》だ。

「お忙《いそが》しいところ失礼します、社長。実は今、アポなしでいらっしゃった方が、社長に面会を求めていまして」

「どんな人？」

「アイル工業の合田正様とおっしゃいます。こちらがお名刺《めいし》です」

夏美が差し出してきた名刺を、桔平は「ふーん」と興味《きょうみ》なさそうにながめた。

アイル工業という会社はよく知らないが、ネットでホームページを見ると、半導体《はんどうたい》を主力商品として扱《あつか》っている会社のようだ。人工知能の開発をしている桔平の会社の噂《うわさ》を聞きつけ、商品の売り込みに来たのだろう。しかし、あいにく半導体なら、今つき合いのある会社から質《しつ》のいいものを購入できている。

「悪いけど、今忙しいから、面会は断ってくれ」

結論だけを端的《たんてき》に告げ、桔平は受け取った名刺をシュレッダーにかけた。

会う必要のない人間の名刺をストックしていたところで、何の役にも立たない。それなら、オフィスのスペース確保のためにも、さっさと処分《しょぶん》したほうがいい。

しかし、その直後、桔平は自分の決断をちょっとだけ後悔することになる。採用について再び頭を悩《なや》ませ始めた桔平のもとに、困ったような表情の夏美が現れて言ったのだ。

「度々《たびたび》すみません、社長。さっきの営業の方が、社長にお会いできないのであれば、渡《わた》した名刺を返してもらいたいと言ってきまして」

「は？　名刺を返せって？」

桔平でなくても耳を疑《うたが》う。ビジネスの世界では普通、考えられない話だ。今回は会えなかったとしても、将来何かある可能性に賭《か》けて、また、自分の存在を思い出してもらうためにも、名刺は渡しておくのがセオリーだ。肝心の連絡先《れんらくさき》が記された名刺を回収してどうする？

「ダメな営業マンだな。名刺は……まぁ、弁償《べんしょう》すれば文句はないだろ」

ムッとしつつも、ズボンのポケットから財布《さいふ》を取り出す。そうして中を確認した桔平は、小さな不運に、さらにイラ立ちを覚えた。

よりにもよって、こういう時に限って小銭《こぜに》がない。財布の中では、千円札と一万円札に描かれた肖像画《しょうぞうが》が、仲良《なかよ》く並んでこちらを見上げている。

「しょうがないなぁ……名刺にコーヒーをこぼしたとでも言って、代わりにこれを渡して帰ってもらってくれ！　名刺一枚に千円なんだから、文句はないだろ!?」

そう言うと、桔平は夏美に千円札を預けて、再び仕事に戻った。

瞬間的《しゅんかんてき》には強烈《きょうれつ》に腹立《はらだ》たしい出来事ではあったけれど、記憶にとどめておくようなことではない。

一時間後、すでに桔平の頭の中からは、先ほどの出来事も、怒りの感情も、きれいに消え去っていた。もちろん、相手の名前も覚えていない。何せ、顔も見ていない相手である。記憶も感情も持続するはずがない。

しかし、二度あることは三度あるというのが、この世の常《つね》。その営業マンは、再び桔平の会社に戻ってきた。それも偶然、桔平が会社説明会に出かけようとして、オフィスを出たところでばったり会ったのだ。

「こんにちは、社長の二階堂さんですよね？」

どこかで自分の顔写真を見たことがあるのか、男が迷うことなく話しかけてくる。正直、面《めん》倒《どう》だったが、名指しにされては、違うと言い張ることもできない。

渋々《しぶしぶ》うなずく桔平の手に、その男は厚紙《あつがみ》でできた小さな箱《はこ》をすべりこませてきた。

「これは――」

「おつりです」

「は？　何の？」

「先ほど、名刺の代金として、千円もらいました」

なるほど、この男は先ほど追い返した営業マンか――と、この時になってはじめて桔平は男が誰なのかわかった。

名前は思い出せないが――。

男は表情に乏《とぼ》しく、声から感情を読み取ることもできない。都子に負けず劣《おと》らず「人間観察能力」に自負のある桔平は、やや焦《あせ》りを覚えた。そんな桔平の動揺《どうよう》をまるで気にすることなく、男は続けた。

「その箱の中には、できたてホヤホヤの99枚の名刺が入っています。さっき急いでお店で作ってきたんですが、そこでは名刺1枚あたりの値段が10円でした。二階堂さんにいただいた千円札から、コーヒーをこぼしたという名刺1枚分の金額を引き算して、残り990円。計99枚の名刺をおつりとしてお返しします」

「…………」

はっきり言って、同じ人の名刺は99枚もいらなかった。というより、名刺なんかなくても、こういうことをされたら、いやがおうでも相手の名前を覚えてしまう。

桔平はほんのわずかな時間、渡された名刺の束《たば》と男の顔を見比べ、おもむろに言った。いや、正確には、言ってしまった。

「合田さん、あなた、ウチで働《はたら》かない？」

「なるほど。そういう経緯《けいい》があったのね」

人を見る眼《め》がある桔平が、ただの失礼な男を雇《やと》うことなんて、やっぱりなかった。

「で、実際のところ、採用してみてどうなの？　すべて計算した上で、桔平に大量の名刺を渡していたくらいだから、本当は相当切れるんでしょ？」

さらなるネタを求めて、目をキラキラ輝《かがや》かせる。そんな都子の顔を見て、桔平はなぜか困惑《こんわく》したように頬《ほお》をポリポリとかいた。

「それがさ、あの時のことが計算だったのか、それとも天然《てんねん》だったのか、正直、俺にもわからないんだ。合田の奴ときたら、営業成績がすごくいい月もあれば、てんで話にならないような月もあるんだ。ボーッとしている時もあれば、アクティブに動くときもある。まったくわかんないな」

「ふーん、なかなか観察しがいのありそうな人ね」

桔平の話を聞きながら、都子は、合田正のことを、「ただの失礼な人」から、「要観察対象《たいしょう》」のリストに移動させたのだった。

都子が桔平と話をしていた頃、当の合田は、やりかけのゲームをセーブして、急にテキパキと動き出していた。自社のロボットを売り込むため、TV局へ営業に赴《おもむ》いたのだ。はじめからそのつもりだったのか、すっかり忘れていたことを突然思い出したのかは、誰にもわからない。

会議室へ通された合田は、応対に出てきた中年の男に名刺を渡し、自社で開発したロボットの素晴《すば》らしさを一通り訴《うった》えた。しかし、相手の反応は、合田が期待しているものとはちょっと違った。

「お話は嬉《うれ》しいのですが、正直申し上げまして、『弊社《へいしゃ》の番組でロボットを使っては』とご提《てい》案《あん》いただく企業《きぎょう》さんは、意外と多いのです。今週に入ってから、御社《おんしゃ》でもう13社目ですよ」

ロボットなんて食傷気味《しょくしょうぎみ》ですよ、とばかりに、男がフーッと深いため息《いき》をこぼす。

「もっとも、他社さんではなく、御社のロボットを特別に使わせていただく利点が本当にあるのなら、弊社としても考えなくもないのですが」

言外《げんがい》に「他にも取引相手はたくさんいるから、何もお前の会社を選ぶ必要はない」と言いたいのだろう。ついでに、説明を聞く時間ももったいないとアピールしたいのか、何度も腕時計《うでどけい》を大げさに見る。

しかし、合田は、男のそんな様子にもまったく動じない。それしかない、たった一つの表情――無表情で、こともなげに言ってのけた。

「今週に入ってから、弊社で13社目ということですけど、その点については安心してください。私はクリスチャンではありませんので、『13』という数字を特に気にしませんから。それで、弊社のロボットの特徴《とくちょう》についてですが――」

「……………」

単に図太《ずぶと》いだけなのか、それともわざと言っているのかはわからない。それでもテレビ局の男が、もう少しだけ合田の話を聞かなければならなくなったことだけは確かだった。

鬼《おに》の伝《でん》説《せつ》

どろりと墨《すみ》を溶《と》かしたような闇《やみ》の中を、女は一人《ひとり》で走っていた。

身にまとっているものは、もはや衣服とは呼《よ》べないボロボロの布だけ。履《は》いていたわらじも脱《ぬ》げ、足は土の色に染《そ》まっていた。

「あっちに行ったぞ！　回りこめ！」

木々の間を切《き》り裂《さ》くように、鋭《するど》く、しかし野太《のぶと》い男の声が夜の林を貫《つらぬ》く。

女は恐怖《きょうふ》に震《ふる》える自分の身体《からだ》を両手できつく抱《だ》きしめた。同時に、腹《はら》からポタポタと熱《あつ》いものが滴《したた》り落ちていくのを感じる。それは、自分の血《ち》だ。けれど、自分の負《お》った傷など、女にとってたいした問題ではなかった。

腕《うで》の中に視線《しせん》を落とす。そこには、すやすやと穏《おだ》やかな寝息《ねいき》を立てている赤子《あかご》がいた。

――この子は絶対に守《まも》り抜《ぬ》く。たとえ自分の命《いのち》に代《か》えてでも。

女が心の中で、固《かた》く決意したそのときだった。不意《ふい》に風向《かざむ》きが変わった。

「おい、血の臭《にお》いはあっちから流れてきているぞ」

「いくら姿《すがた》を隠《かく》しても、ただの人間だ。臭いを消すことまではできないようだな」

男たちの会話に、女は背筋《せすじ》がぞくりと冷たくなるのを感じた。

一刻《いっこく》も早く、この場から逃《に》げなければならない。すぐさま川に入って、自分にまとわりつく血の臭いを消さなければならない。

女は赤子を抱《かか》え、闇の中を必死で走り続けた。しかし、追手《おって》は着実《ちゃくじつ》に近づいてきた。

「見つけたぞ！」

低く大きな男の声が、すぐ近くで聞こえた。振《ふ》り返《かえ》る間《ま》もなく、後ろから腕をつかまれる。

こんなところでつかまるわけにはいかない！

女は残ったほうの腕《うで》で、赤子を強く抱きしめた。せめてこの子だけは……！

風が吹き、雲が流れて、月が顔を出した。青く冷たい光を受け、男の姿が闇に浮かび上がる。

それは、異形《いぎょう》の存在《そんざい》だった。

人間とは、似《に》て非《ひ》なるもの。その頭からは鋭《するど》い2本の角《つの》が生《は》え、大きな口元からは白い牙《きば》が顔をのぞかせている。彼らは、人間から「鬼」と呼ばれ、怖《おそ》れられる者たちだった。

「お頭《かしら》の女だと思って、大目《おおめ》に見てやっていたら、お前、とんでもねぇことをしでかしてくれたな！」

もともと赤みの強い顔をさらに赤くして、鬼が叫《さけ》ぶ。

「俺《おれ》たちの根城《ねじろ》を襲《おそ》って、宝をごっそり奪《うば》っていった人間——あいつを手引《てび》きしたのは、お前だろう!?　でなきゃ、人間ごときにあんなことできるはずねぇ！」

「違《ちが》います！　私はそんなことしてません！」

腕の中の赤子を抱きしめ、泣きながら首を横に振《ふ》って叫ぶ。事実、女は何もしていなかった。

都《みやこ》の貴族《きぞく》の家に生まれた女は、裳着《もぎ》を終えて間もない頃、都を襲《おそ》った鬼たちにさらわれ、その首領《しゅりょう》の嫁《よめ》にさせられた。

決して自分から望《のぞ》んだわけではなかったが、それでも生まれた赤子はかわいかった。この子のために、自分は鬼の里で生きていこうと決意した。その矢先《やさき》のことだった。一人の人間が鬼の里を襲ったのは。

白い布で顔を覆《おお》った男が、見知らぬ武器《ぶき》を使って里の鬼たちを次々と倒《たお》し、彼らが長年かけてためこんだ金銀財宝《きんぎんざいほう》を奪《うば》って逃《に》げた。

人間ごときに、自分たち鬼がやられるはずがない――そう考えた鬼たちは、女が男の手引きをしたと疑《うたが》った。疑われた女は、鬼たちに殺されることを恐れ、赤子と一緒に里から逃げ出さざるを得《え》なかった。しかし、それに気づいた鬼たちが、女のことを執拗《しつよう》に追ってきたのだ。

「さぁ、観念《かんねん》しな！　お頭の許可《きょか》は下《お》りてんだ。お前ら母子《おやこ》は殺《ころ》されて、人間どもへの見せしめになるんだ」

赤い舌《した》をチロリと見せて、鬼が舌なめずりをする。

このままでは、自分も赤《あか》ん坊《ぼう》も殺されてしまう！

女は震える足で、一歩下がった。

鬼が一歩、前に出る。

さらに一歩、女は下がろうとして、背中が木に当たるのを感じた。逃げ場を失った自分を嘲《あざ》笑《わら》うかのように、鬼が口の端《はし》をニタリとつり上げる。

「誰か、助けて……！」

赤子を抱きしめ、女が天に祈《いの》った。そのときだった。

「やめなさい。いくらそういう役割《やくわり》でも、無抵抗《むていこう》な女性をいたぶるなんて悪趣味《あくしゅみ》ですよ」

「誰だ⁉」

驚《おどろ》いて、声のしたほうを振り返る。いったいどこから現《あらわ》れたのだろう。青白い月明《つきあ》かりの下、凛《りん》とたたずむ男の姿《すがた》に、女も鬼も息を飲んだ。

男は都に住まう公達《きんだち》のように、若草色《わかくさいろ》に染《そ》めた狩衣《かりぎぬ》をまとっていた。その涼《すず》しげな目元と上品な顔立ちから、さぞかし身分の高い者だと思われる。

ただ不思議《ふしぎ》なことに、男は旅の薬売りのように、一抱《ひとかか》えほどもある風呂敷包《ふろしきづつ》みを背中に担《かつ》いでいた。しかも、包みの間《あいだ》からはみ出した細長いものや丸いものが、青い月明かりを受けてキラキラと輝《かがや》いている。それらは、鬼の里から先日盗《ぬす》まれたはずの金銀や宝飾品《ほうしょくひん》だった。

「その宝！　お前が盗んだのか！」

「違いますよ。この宝は、私が人からもらったものです。ですが、もとはあなたがたの持ち物だったというのであれば、お返ししましょう。代わりに、その女性を解放《かいほう》なさい」

「女は渡《わた》さねぇ。お前も許さねぇ。その宝も奪《うば》い返《かえ》す‼」

鬼が、叫《さけ》ぶと同時に、男に向けて鋭《するど》いかぎ爪《づめ》を振《ふ》り上《あ》げる。女は「逃げて！」と叫ぼうとしたけれど、恐怖《きょうふ》にノドが引きつって声が出ない。

体がすくんでいるのか、男も動こうとしない。しかし、その表情には笑《え》みさえ浮かんでいた。

「宝は返すと言っているのに、何でも暴力《ぼうりょく》で解決《かいけつ》しようとしないでほしいですね。まぁ、あなたがた鬼は、そうすることを期待《きたい》されているんでしょうけどね」

ぶつぶつとつぶやきながら、男が懐《ふところ》から何かを取り出す。彼が手にしたのは、一本の大きな筆《ふで》だった。振りかざされる鬼の爪をよけながら、男が筆で宙《ちゅう》に何かの文字を書く。

女は目を疑《うたが》った。鬼の足下の地面が、ボコッと音を立てて盛《も》り上がったように見えたのだ。

次の瞬間《しゅんかん》、土は人の形を取り、その太く長い手で鬼の首を締《し》め上げた。

やがて、もがいていた鬼の全身から力が抜け、ぐったりとなった体を土の人形が地面に置いた。それと同時に、人形も足の先から土に還《かえ》っていく。

「大丈夫ですよ。この鬼は気絶《きぜつ》しているだけです。さすがに殺すわけにはいきませんから」

恐怖に顔を引きつらせる女を見て、男はその前に手を差し出してきた。

「さぁ、行きましょう。都のご自宅までお送りしますよ」

「…………」

女は腕《うで》の中の赤子を抱きしめて、男の顔を見上げた。

自分を助けてくれたことから、敵《てき》ではないと思う。だが、味方《みかた》だという保証《ほしょう》もない。鬼よりも得体《えたい》の知れない存在を前にして、恐怖で足がガタガタと震《ふる》えだす。

そのとき、女の恐怖心を感じ取ったのか、今まで何があっても目を覚《さ》まさなかった赤ん坊が、

「オギャー」と辺《あた》り一面に響《ひび》くような大声で泣きだした。

「ああ、太郎《たろう》！　お願いだから、泣かないで」

しかし……

「坊《ぼう》や、大丈夫。私が来たからには、坊やも、母上ももう安心だよ」

男が、赤ん坊の頭をそっとなでて微笑《ほほえ》む。

「……この子のことが、気味悪《きみわる》くないのですか？」

女は信じられないものを前にしたような目で、男を見つめた。

人間と鬼の間に生まれた太郎は、鬼よりも人に近い外見をしていた。鬼の特徴《とくちょう》である二本の角も髪の中に隠《かく》れていて、触《さわ》らなければその存在に気づくことすらない。父親の鬼は、そんな息子のことを「できそこない」と言って遠ざけた。その一方で、鬼の里に時折《ときおり》酒《さけ》を運んでくる

人間は、鬼の血を引く太郎を気味悪がって、近づこうともしなかった。

この子は、鬼にも人にも属《ぞく》さない半端《はんぱ》な存在として、皆《みな》から疎《うと》まれ嫌《きら》われてきた。それなのに——。

「気味悪い？　どうして？　かわいい赤ちゃんじゃないですか。ほら、笑ってる」

腕の中に目を向けると、さっきまで泣いていた息子が、両頰《りょうほお》に小さなエクボを刻《きざ》んで、キャッキャと楽しそうに笑っていた。しかし、その顔を見る女の視界《しかい》は、しだいにぼやけていく。それは涙のせいばかりではないようだった。

先ほどまでの恐怖が消えると、忘れていた感覚が蘇《よみがえ》ってきた。ドクドクと脈打《みゃくう》つように、傷ついた脇腹《わきばら》から血が流れ出ていくのを感じる。鬼にやられた傷は思ったよりも深く、その鋭《するど》い痛みは、自分がもう助からないことを教えていた。

女は最後にもう一度、腕の中の赤子をきつく抱きしめ——男の前に赤子を差し出した。

「お願《ねが》いです。どうかこの子を、人の住む里へ連れて行ってあげてください」

「あなたはどうするのです？」

「この傷では、私はもう長くありません。それに都の家に帰ったとしても、鬼の子どもを産《う》んだ私に、居場所などありません。だから、お願いです！」

「…………」

女の懇願《こんがん》に、男はうなずくことも、首を横に振ることもしなかった。代わりに、男は赤子を受け取ると、何も言わずに去《さ》って行った。

男の背中が見えなくなった途端《とたん》、女はその場にガクリと膝《ひざ》をついてしまった。全身の力が抜け、指の先から感覚がだんだんとなくなっていく。

もやがかった視界《しかい》に光が差しこみ、ぱっと明るくなった。それは自分を迎《むか》えに来てくれた黄泉《よみ》の光か、それとも幸せだった頃の記憶《きおく》か。

「明るい光の中で、あの子のまぶしい笑顔《えがお》が見たかった」

母である自分のことは忘《わす》れていてもいい。だけど、あの子には幸せに笑っていてほしいと、女は薄《うす》れゆく意識の中で、祈《いの》るように願った。そして、女の視界はしだいに暗くなっていった。

「よぉ、レン！　今日もまた、本の中で悪さをした奴《やつ》をとっ捕《つか》まえたんだって？　お前、ホント働き者だよなぁ」

そう言って、同僚《どうりょう》のナオキがレンのもとを訪ねてきたのは、レンが狩衣《かりぎぬ》からスーツに着替《きが》え、筆をペンに持ち替えて、一連の報告書《ほうこくしょ》をまとめ始めた頃のことだった。

レンが机《つくえ》から顔を上げたのを見て、隣に来たナオキが好奇心《こうきしん》に満ちた眼差《まなざ》しを向けてくる。

「今回、お前がトラベルした先は『酒呑童子《しゅてんどうじ》』だっけ？　犯人《はんにん》は、源頼光《みなもとのらいこう》が鬼退治《おにたいじ》に来る前に、大江山《おおえやま》の鬼――酒呑童子から金銀財宝を奪《うば》おうとしてたって聞いたけど、ホントか？」

「ああ。現実世界《こっちのせかい》の古美術商《こびじゅつしょう》に知り合いがいるみたいで、鬼から奪った宝を裏《うら》ルートで売りさばくつもりだったらしい」

「使い古された手だな」

レンの説明《せつめい》に、ナオキがうんうんとうなずく。

レンやナオキは、一般の人間が持っていない能力《のうりょく》を持っている。物語の世界に入りこんで、登場人物《とうじょうじんぶつ》たちと会話をしたり、物語の中に出てきたものを現実世界に持って帰ったりする力である。そんな彼らは、ブック・トラベラーと呼ばれている。

しかし、能力者は善人《ぜんにん》だけとは限らない。中には、己《おのれ》の欲望《よくぼう》のためだけに、この力を利用しようとする輩《やから》がいる。今回のように、物語の中の鬼たちに銃《じゅう》をつきつけ、奪った財宝を現実世界で売りさばこうとした人間がいい例《れい》だ。そうして、物語に干渉《かんしょう》しすぎると、物語が本来のストーリーを逸脱《いつだつ》して、まったく違う話になってしまう。そういった者を取《と》り締《し》まるために、レンたちは「ブック・ポリス」と呼ばれる政府直轄《せいふちょっかつ》の部署《ぶしょ》で働いている。

レンが再び報告書の作成に取りかかろうとすると、ナオキが「そういえばさ」と、思い出したように話しかけてきた。

「お前、鬼と人の間に生まれた赤ん坊を拾《ひろ》ったたって聞いたけど、その子はどうしたんだ？　まさか現実世界に連れてきたわけじゃないよな？」

「そこまでは、物語に干渉できないさ。かわいそうだけど、あの子は置《お》いてきた」

ナオキの質問に答えるレンの頭の中には、物語の世界で最後に見た光景が思い出されていた。

大江山の鬼――おそらく首領である酒呑童子と、人間の女の間に生まれた赤ん坊は、人とほとんど変わらない外見をしていた。鬼のもとから逃げてきた赤ん坊を人里まで連れて行っても、物語に大きな変化はきっと出ないだろう。そう判断《はんだん》したレンは、夜が明けるのを待って赤ん坊を竹《たけ》カゴの中に入れ、人通りの多い道の脇《わき》に生《は》えている、木の下に置いてきたのだ。

「やさしい人に拾われるといいな」

「ああ」

ナオキの言葉に、レンが心の底から深く同意した。そのとき、若い女性が血相《けっそう》を変えて部屋に飛びこんできた。同じブック・ポリスの一員のアヤメである。

「どうしたんだ、アヤメ？　そんな恐《こわ》い顔をして」

「レン！　あなたが赤ん坊を置いてきた木って、桃《もも》の木だった!?」

「さぁ、どうだったかな？　そこまで気にしてなかったけど、何か問題でも？」

「あなたが、桃の木のたもとに赤ん坊を置いたことで、『酒呑童子』の物語から、新しい物語が発生したのよ！」

そう言ってアヤメが、持っていた本を押《お》しつけてきた。開いて、最初のページに目を通す。

そこに書かれていたのは――。


むかしむかし、あるところに、おじいさんとおばあさんがいました。

ある日、川へ洗濯《せんたく》に行こうとしたおばあさんは、大きな桃の木の下で、元気な男の赤ちゃんが竹カゴに入れられているのを見つけました。子どものいなかったおばあさんは赤ちゃんのことをかわいそうに思い、桃太郎《ももたろう》と名づけて育てることにしました。

「レン、あなたがしたことで、『酒呑童子《しゅてんどうじ》』の物語と『桃太郎』の物語が連結《れんけつ》されてしまったのよ」

「え？　それじゃあ、俺が本の中で助けた赤ん坊は――」

「成長したあと、鬼を退治しに行くわ。桃太郎は、自分の本当の母親が鬼に殺されたことを聞かされて育つの。桃太郎が鬼退治に行く本当の目的は、金銀財宝を奪《うば》うためじゃなく、母親の復讐《ふくしゅう》のため、になってしまったわ」

アヤメが堅《かた》い声で、背筋《せすじ》の冷たくなるような現実を告げる。

手元の本に視線を戻したレンはページをめくっていき、後半部分にそれまでの『桃太郎』にはないはずの描写《びょうしゃ》を見つけて、目を背《そむ》けたくなった。

養父母のもとで成長し、鬼ヶ島《おにがしま》へ渡って鬼を退治し、母親の復讐を果たした桃太郎は、死の間際《まぎわ》の鬼の首領から、衝撃《しょうげき》の告白を聞く。

「お前が憎しみ、倒《たお》したこの私こそ、桃太郎、お前の父親なのだ」と。

桃太郎は、やり場のない怒りと悲しみで、声がかれるまで咆哮《ほうこう》した。周囲を震わすその声こそが、自分が鬼の子どもであることの証左《しょうさ》にほかならなかった。


「暗い……暗すぎるわ！　この話、後味《あとあじ》が最悪《さいあく》よ！」

原稿《げんこう》から顔を上げたエリカが大声で叫《さけ》ぶ。いつもと同じ悩《なや》み解決《かいけつ》部《ぶ》の部室で、エリカと一緒《いっしょ》に原稿を読んでいた美樹も、感想《かんそう》に困って頰《ほお》をかいた。

「隆也《たかや》くんの発想はおもしろいと思うんだけど、私もこの結末《けつまつ》はちょっと……」

「美樹《みき》は、やさしいわね。このラスト、あなた、どんだけ心に闇《やみ》をかかえているのよ！　このお話を読むのは子どもでしょ？　子どもにトラウマを与《あた》えてどうするのよ？」

最初の読者2人から散々《さんざん》なことを言われ、ふつうの人であれば、心が折《お》れるところだろう。だが、隆也はやはり落胆《らくたん》することも、ブゼンとすることもなかった。

「お前たちに読んでもらったこの原稿は、まだプロットの段階《だんかい》だ。これから、よりブラッシュ・

アップすればいい」

なんでも完璧《かんぺき》にできてしまう隆也がエリカに防戦《ぼうせん》を強《し》いられるなんて、珍《めずら》しい光景である。

しかし、隆也がこうして小説のプロットを書いてきたのは、彼の趣味《しゅみ》ではない。この間の演《えん》劇《げき》コンクールで、美樹たち――Aが『彼女《かのじょ》の罪《つみ》』という劇を上演《じょうえん》したところ、それを観《み》た出版《しゅっぱん》社《しゃ》に勤務《きんむ》する来客者が、隆也の書いた脚本《きゃくほん》をえらく気に入り、「小説《しょうせつ》を書いてみないか？」と勧《すす》めてきたそうなのだ。

そう報告してくれた隆也は、やっぱりいつもと同じ無表情だったけれど、それなりのやる気はあったらしい。こうして書いてきたものを、どう転んでも茶化《ちゃか》すか、けなすかするだろうエリカと美樹に試《ため》し読《よ》みをさせてくれたのだから。

「小説を書く作業《さぎょう》は、読者との心理戦《しんりせん》に近いんだな。人の心を感動で揺《ゆ》さぶるというのは、意外と難《むずか》しい」

原稿を取《と》り戻《もど》した隆也がボソッとつぶやく。

その発言に、エリカがキラッと目を輝《かがや》かせ、すかさず叫《さけ》んだ。

「何かを達成《たっせい》したみたいな言い方はやめなさい。小説のことを『心理戦』とかと言っているから、あなたはいつまで経《た》っても他人《たにん》の心の機微《きび》がわからないのよ！　まずは、その無表情をやめて、人を笑わせるようなものでも書いてみなさいよ!!」

——心の機微がわからないのは、エリカも同じだと思うけれど。

ノド元まで出かかったツッコミを、美樹はかろうじて飲《の》みこんだ。人間というのは、他人のことはよくわかっても、自分のことはよくわからない生き物らしい。

その後も、美樹たち3人はなんだかんだ言いながら、最終下校のチャイムが鳴るまで、部室でダラダラとしゃべっていた。隆也の小説執筆《しっぴつ》というちょっとした変化はあったけれど、そこにはいつもと変わらない日常があった。

［スケッチ］
最悪《さいあく》の別《わか》れ方《かた》

辻井彩花《つじいあやか》はその日、朝からずっとイラ立っていた。

自分で言うのもなんだけれど、彩花の人生は、人がうらやましいと思うに十分な要素《ようそ》を兼《か》ね備《そな》えていた。有名大学への進学率《しんがくりつ》の高い永和学園《えいわがくえん》の中でも、成績は中の上だし、陸上部《りくじょうぶ》のホープと呼ばれるほど運動神経《うんどうしんけい》が良くて、当然ながらスタイルもモデル並《なみ》。そして、姉御肌《あねごはだ》のサッパリした性格で、男子生徒だけでなく女子生徒からもモテた。

客観的に見て、不満に思うことなんて何もない。だけど、フツフツとわき上がるイライラを消すことができない。そのイライラの原因は、彩花自身がいちばんわかっていた。

「啓太《けいた》の奴め！　絶対に後悔《こうかい》させてやるから！」

下校のチャイムが学校中に響《ひび》く中、靴箱《くつばこ》の前で友人の一条《いちじょう》クルミを待っていた彩花は、物騒《ぶっそう》なセリフを口の中で吐《は》き捨《す》て、持っていたスマホをきつく握《にぎ》りしめた。

啓太というのは、彩花の幼馴染《おさななじ》みの坂上《さかがみ》啓太のことである。家が隣同士《となりどうし》だったため、昔《むかし》からよく遊んでいた。といっても、正確には「一緒に遊んでいた」というより、「遊んであげていた」というほうが正しい。

幼《おさな》い頃《ころ》の啓太は、体が小さく病気がちで、からかわれるとすぐ彩花の後ろに隠《かく》れてビービー泣《な》くような子どもだった。姉御肌の彩花は、そんな彼のことを弟みたいに思い、「啓太をいじめるヤツは許《ゆる》さない！」と、いつもいじめっ子たちに立ち向かっていた。

そんな2人の関係に1回目の転機《てんき》が訪れたのは、中学3年のとき。彩花と別の高校を志望《しぼう》することにした啓太がある日、いつものように彩花の家に来て、妙《みょう》にかしこまった顔つきで告げたのだ。

「ただの幼馴染みはもう嫌《いや》だ。僕《ぼく》とつき合ってほしい」と。

今にして思えば、情《じょう》にほだされたとしか思えない。ただ、その時はまっ赤《か》になりながら一生《いっしょう》懸命《けんめい》告白する啓太の姿《すがた》がかわいくて、それに彩花自身、「おつき合い」に興味《きょうみ》があって、ついOKしてしまったのだ。

だけど、それがすべての間違《まちが》いだった。

単に成長が遅《おそ》いタイプだったのか、交際を開始しだしてから、啓太は急速に成長した。背《せ》はぐんぐんと伸び、いじめられないようにとはじめた筋《きん》トレが功《こう》を奏《そう》したのか、体つきもたくましくなっていった。

体の成長に合わせるように、啓太の精神や性格にも変化が現れた。オドオド、ビクビクしていた性格はどこかに消え、今はむしろ、妙《みょう》に自信だけはある男子高校生になっている。啓太と同じ高校に通う生徒で、かつての「ひ弱《よわ》」な啓太のことを知る人間は少ないかもしれない。簡単に言えば、啓太は「高校デビュー」を果たしたのだ。

『俺《おれ》以外の男と話すな』って、どういうこと!?　そんなの無理《むり》に決まってるじゃない！　男子校に通っている啓太と違って、私は共学なのよ!?　というか、啓太のくせに、私に命令するなんて生意気《なまいき》よ！」

今までたまりにたまった鬱憤《うっぷん》を吐《は》き出すように、スマホに向かって毒《どく》を吐く。メールの内容にも腹が立つけれど、何より彩花の気に障《さわ》ったのは、啓太の自称が「僕」から「俺」に変わったことだった。それは、「彩花の保護下からの独立宣言」のようにも感じられた。

スマホの画面をにらみつけ、怒《いか》りに震《ふる》えている彩花の異変に気づいたのか、待ち合わせに遅れてきたクルミが心配そうに話しかけてくる。

「彩花、まるで樽《たる》みたいな恐い顔してるよ。どうしたの？　また啓太くん？」

「そうなのよ！　ちょっとこれを見て！」

クルミの言葉に勢いよくうなずいて、彩花はたった今読み終えたばかりのスマホの画面を眼前につきだした。

「つき合いはじめてから、もう少しで2年近くになるけど、最近の啓太、調子に乗りすぎてると思わない？　私は、こんな亭主関白《ていしゅかんぱく》の男なんて、まっぴらゴメンよ！」

「ふーん。そんなにストレスがたまるなら、さっさと別れちゃえばいいのに。こっちの言うことを聞いてくれない相手なんて、つき合ってても肩《かた》がこるだけよ」

「……いや、クルミじゃないから、私の言うことを全部聞いてほしいわけじゃないけど、愛情も示さないで威張《いば》るだけなんて、最低！　本当にもう別れちゃおうかな」

自由奔放《じゆうほんぽう》を絵に描いたようなクルミには、それこそ「執事《しつじ》」のように、彼女のすべてを受け止めてくれる、純平《じゅんぺい》という彼氏がいる。彩花は啓太に純平のようになってほしいわけではない。

けれど、やっぱり何か言われたり、偉《えら》そうにされるたびに「啓太のくせに」と思ってしまうのは事実だ。このまま別れてもいいけど、おそらく啓太は、なんで別れを切り出されたかもわからず、自分の態度を反省することもないんだろうな、と思うと、なんだか悔《くや》しかった。

「啓太を思いきり後悔《こうかい》させるような別れ方はないかしら？」

彩花がイラ立ち混じりに吐き出した。その疑問に、隣《となり》のクラスの靴箱《くつばこ》から答えが返ってきた。

「さっきから聞いていれば、何をぐだぐだ悩《なや》んでいるの？　未練《みれん》たらたらね。もし本当に別れたいなら、その啓太って奴《やつ》に最悪の別れ話をつきつけてやればいいだけじゃない」

「エリカ、余計な口出しをしないの！」

張《は》りのある女子の声に、それをたしなめるもう一人の声が重なる。

彩花とクルミが、声のしたほうをそろって向く。１年Ａ組の靴箱の前に、見知った２人組が立っていた。それはこの永和学園の名物、ならぬ迷物《めいぶつ》――悩《なや》み部《ぶ》とかいう奇妙な活動をしている藤堂《とうどう》エリカとその親友、相田美樹《あいだみき》の２人だった。

「ちょっと！　藤堂さんともあろう人が、盗《ぬす》み聞《ぎ》き？」

「こんな公共の場で彼氏の悪口を大声で叫《さけ》ばれたら、聞きたくなくても、自然と耳に入ってくるわよ。聞かれたくないなら、コソコソと悪口を言ったらどう？」

「…………………」

エリカの反論に、彩花は悔《くや》しいけれど、何も言い返せなかった。

言葉につまった彩花と、その隣で興味深そうにしているクルミを見て、エリカは不意にフッと肩《かた》の力を抜いた。フランス人形のように整った顔に、かすかな笑《え》みが浮かぶ。それはある意味、不気味《ぶきみ》な笑顔《えがお》だった。

「辻井さんも知っているように、私たちは、悩み解決部よ。偶然とはいえ、他人様《ひとさま》の悩みを聞いた以上は、全力で解決案を提示してみせるわ。『悩みの相談を受けたのに、相談者を見捨《みす》てた』なんて噂《うわさ》を流されたら、商売上がったりだからね」

「じゃあ、藤堂さんはどうしたらいいと思うの？」

そう質問したのは彩花ではなく、クルミだった。

彩花としては、本人《ほんにん》抜《ぬ》きで勝手に話を進めないでほしいと思ったけれど、それでもエリカが何を言うのか気になって、結局黙《だま》っていることにした。すると、エリカは目の前でピシッと人差し指を立てて、自信満々に言い切った。

「人間が幸せや不幸を強く感じるポイントは、ずばりギャップよ」

「は……？」

皆、エリカの言っていることがわからず、無言になる。さすがのエリカも、自分の話が通じていないことを察知《さっち》したのか、身を乗り出して、言葉を足した。

「だーかーらー、ギャップを大きくするために、その彼がより幸せを感じるようにするのよ。彼が幸せの絶頂に達したところで別れ話をつきつけてやれば、最悪の別れ方ができるわ」

「……エリカ………」

今までおとなしく様子を見守っていた美樹が頭を抱《かか》え、うめくような声を出す。あのクルミですら、今のエリカの発言には少しあきれたような顔をしていた。けれど、

「それ、悪くないかも」

彩花がぽつりとこぼした一言《ひとこと》に、美樹とクルミが「えっ!?」といった顔つきで振り向く。「いやいや、彩花、早まるもんじゃないわよ……」と2人がかりで説得してきたけれど、それでも彩花は自分の直観を否定しなかった。

「藤堂さんの提案、ありじゃない？ 例《たと》えばだけど、私が啓太の求める従順《じゅうじゅん》な女を演《えん》じて見せて、啓太が有頂天《うちょうてん》になったところで別れ話を切り出せばいいのよね？ 啓太を後悔させるの

に、これ以上の方法はないわ！」

彩花の下した決断に、エリカは「うんうん」とうなずき、美樹とクルミは、終始微妙《しゅうしびみょう》な表情をすることで翻意《ほんい》をうながした。だけど、一度こうと決めた彩花に、「引き返す」という選択肢《せんたくし》はなかった。

「啓太、あなたに最悪の別れをプレゼントするわ！」


靴箱前での雄々《おお》しい宣言から一ヵ月後。

自称「部活」という名の雑談《ざつだん》タイムが終わり、下校のチャイムを聞きながら靴箱に向かっていた美樹は、肩《かた》をつつかれ、ふと足を止めた。

「エリカ？　どうしたの？」

不思議に思って視線を向けると、隣を歩いていたはずのエリカが妙に楽しげな顔つきで、隣のクラスの靴箱を指さしていた。

「ねぇ、美樹。辻井さんがいるわよ。あれから彼とはうまく別れられたのかしら？」

「エリカ、人の別れ話を嬉《うれ》しそうに話さないの！」

「別にいいじゃない。彼のことが好きならともかく、本人がそう望んでいたんだから」

「それ、表面上のことでしょ」

言葉にするものが、その人の本音とは限らない。このお嬢様《じょう》に、そういう複雑な乙女心《おとめごころ》――とまではいかなくても、せめて心の機微《きび》をわかってもらえるようになる日は、いつか来るのだろうか？

――少なくとも、まだまだ前途多難《ぜんとたなん》のようである。エリカが変なことを言い出す前に、さっさとこの場を去ったほうがいいかもしれない。

「ほら、エリカ、さっさと行くわよ。今日はカフェで都子《みやこ》さんがバイトしてる日だよ」

「でも、アフターケアまでしてこそ、本当の『悩み解決』じゃない？　あ、辻井さんがこっちに気づいた！」

「え？」

せっかくエリカを連れて退散《たいさん》しようとしたのに、間に合わなかったらしい。陸上部で短距離走の練習をしたあとなのか、頬《ほお》をほんのり上気《じょうき》させ、髪《かみ》を後ろで一つにまとめた彩花が、こちらに向かって歩いてくる。彼女は美樹たちの前で足を止めると、満面の笑みで話しかけてきた。

「藤堂さん、この間はどうもありがとう！　あなたのおかげで、すべてうまくいったわ」

「いえ、どういたしまして。彼に『最悪の別れ』をプレゼントできたのね!?」

エリカがしてやったりといった顔つきで尋《たず》ねる。

――他の人に聞かれているかもしれない状況下で、こういう繊細《せんさい》な話題について、そんな直球的な聞き方をしてはいけないのに！

美樹は彩花が怒り出すのではないかと心配して、頭を抱えた。しかし、当の彩花は美樹の予想と裏腹《うらはら》に、ちょっと面食《めんく》らったように目をしばたたかせ、やがてクスクスと笑い出した。

「何よ？　いったい何がおかしいの？」

自分が馬鹿にされたと感じたのだろう。エリカがムッと唇をとがらせる。その姿《すがた》を前にして、彩花が慌《あわ》ててパタパタと手を横に振った。

「結果から言うと、私と啓太はラブラブよ。これも藤堂さんのおかげだわ」

「え？」

目を丸くしたエリカと一緒になって、美樹は思わず間《ま》の抜《ぬ》けた声を上げてしまった。

この前、エリカが彩花に告げたアドバイスを思い出す。彼とラブラブになる要素なんて、これっぽちもなかったと思うけれど……。

いぶかしむ美樹とエリカを交互《こうご》に見て、彩花がいたずらっぽくほほえむ。

「この間、藤堂さんに言われた通り、まずは亭主関白気《き》取《ど》りの啓太を幸せの絶頂に押し上げてやるべく、私は啓太の前で徹底的に従順な女を演じてやったの。啓太の言うことは絶対に否定しないで、決定権をあずけたし、啓太がしてほしそうなことは、全部先回りしてやってあげたわ。それと、わざと弱いところを見せて、啓太が活躍《かつやく》できるシーンを作ってあげたの。そうしたら、どうなったと思う？」

「……どうなったの？」

恐《おそ》れと好奇心《こうきしん》が入《い》り交《ま》じって、こわごわと小声で尋《たず》ねる。すると、彩花は、マジシャンが箱を開けて観客を驚《おどろ》かすような調子で答えた。

「なんと、啓太が、超《ちょう》優《やさ》しくなったの。優しいだけじゃなくて、カッコいいから、『やさカッコいい』かな？　啓太って昔、すごくひ弱で、よくイジメられたり、からかわれていたのを、私が助けてあげてたの。それを見て、今度は『自分が強くなって、彩花を守りたい』って思ってたんだって。そのせいで、ちょっと張り切りすぎてたみたいなのよね」

「つまり、辻井さんのことを大切に思うあまり、その啓太って男は、亭主関白の嫌な彼氏になってたっていうわけ？」

「そう！　まさにその通り！」

エリカの苦《にが》りきった表情に気づかなかったのだろう。彩花が意気込んで続ける。

「強くても威張《いば》ってたんじゃダメだけど、強くて優しいなら、全然文句ないわ。私、啓太にほれ直した。ううん、今までは、何となくつき合ってた感じだから、はじめてほれたかも。私、小さいときから、『強くてしっかり者』みたいに思われてたから、人を守ったり、頼られたりすることはあっても、人から守られることって、ほとんどなかったんだ。でも、守られるのも、『愛』を感じられていいよね。とにかく、藤堂さんのおかげで私たちはラブラブに戻れたの。アドバイスをくれて、ありがとうね！」

「…………」

エリカが意図した未来は、当然こういうものとは違う。だけど、当の彩花は、こちらの複雑な思いに気づくことなく、「じゃあ、啓太との待ち合わせがあるから」と言って、上機嫌《じょうきげん》で靴箱をあとにし、最後に振り返って一言つけ加えた。

「藤堂さんも、せっかく美人なんだから、たまには弱いところを見せたら、もっと素敵《すてき》に見えるわよ！」

「余計なお世話よ！　辻井さんといい、一条さんといい、類は友を呼ぶって本当ね。恋人なんかに頼らないで、自分の足で立とうとする気持ちがないのかしら!?」

触《ふ》れたら指に刺《さ》さってしまいそうなトゲトゲした声でエリカが言い返す。

「まぁ、『人』っていう漢字は、支《ささ》え合ってなんかいなくて、実際には片方がもたれかかっているだけだから、しょうがないかもしれないけどね!!」

ちょっと、らしくないことを言ったという気恥《は》ずかしさもあってか、そう言うエリカの声には、先ほどの言葉にはないやわらかさが含《ふく》まれていた。

「自分が計画した通りにならなくても、相談者が幸せになるなら、そのほうがいい」とエリカも思っているだろうか。疑問に思って、美樹はエリカの横顔を見た。けれど――。

「それにしても、何が『弱いところを見せたら、素敵に見える』よ！　馬鹿じゃないの!?　美樹、早く都子さんのカフェに行って、ケーキを食べるわよ。ストレス発散《はっさん》!!」

エリカの横顔は、結局、美樹に何も語ってはくれなかった。

約《やく》束《そく》のグラウンド

美樹《みき》はその日、永和学園《えいわがくえん》の近くにある中央病院《ちゅうおうびょういん》で、信《しん》じられないものを目にした。

入院棟《にゅういんとう》の受付《うけつけ》に向《む》かって、エリカが小走《こばし》りで近づいてくる。さらさらと揺《ゆ》れる茶色の髪《かみ》も、アーモンド型《がた》のきれいな瞳《ひとみ》も、いつもと変わらない。だけど、すっと通った鼻《はな》の頭には、サーカスのピエロのように、真《ま》っ赤《か》な球体《きゅうたい》がついていたのだ。

「エリカ姉《ねえ》ちゃん!?　その鼻、どうしたの!?」

美樹の隣にいた弟の裕太《ゆうた》が、笑いながらエリカの顔を指《ゆび》さす。

「裕太？　私の鼻がいったい――っ!?」

鼻に手を伸《の》ばしたエリカの質問が、途中《とちゅう》で悲鳴《ひめい》に変わった。

きっと家でピエロの衣装《いしょう》を試《ため》している最中《さいちゅう》に、待ち合わせ時間が近づいてきたことに気づき、慌《あわ》てて飛び出してきたのだろう。

「真っ赤な鼻はホスピタル・クラウンの基本《きほん》だが、家から病院までその格好《かっこう》で来るとは……勇者だな」

いつの間に近づいてきたのか、エリカの隣《となり》に立った隆也《たかや》が、彼女の手の中にある赤鼻の飾りを見下《みお》ろし、考えこむように腕《うで》を組んで言った。

容赦《ようしゃ》ないツッコミに、エリカが「うっ」と言葉につまる。だけど、自分の失敗を素直《すなお》に認めるのもシャクにさわったのか、腰《こし》に手を当てて「そうよ！」と大きくうなずいた。

「ホスピタル・クラウンをやろうっていう人間が、笑《わら》われることを恐《おそ》れてどうするの？　あなたみたいな無感情《むかんじょう》人間こそ、ちょっとは私のことを見習ったらどうなの？」

「エリカ、静《しず》かに！　ここ病院よ！　隆也くんも火に油《あぶら》を注《そそ》ぐようなことを言わないで!!」

美樹に注意され、エリカがハッと口を手でふさぐ。さすがの隆也も、少しだけばつが悪そうに視線《しせん》をそらした。

この2人は、本当に……。これでは先が思いやられる。

美樹たち悩《なや》み解決部《かいけつぶ》のメンバーと、弟の裕太がなぜ病院に来ているのか……ことの発端《ほったん》は、
一週間ほど前にさかのぼる。

１年生最後の終業式も無事《ぶじ》に終わり、春休みに入った日の午後。美樹の家に遊びに来ていたエリカは、リビングにあるソファーの上で、不服《ふふく》そうに口をへの字に曲《ま》げていた。

「部員が集まらないわ……」

そのしかめ面《つら》と同じくらい、不満たっぷりな声がエリカの口からこぼれる。

「４月からの新入生の勧誘《かんゆう》が勝負《しょうぶ》よ。この春休み中に何か策《さく》を練《ね》らないと、私たちが卒業するまで『悩み解決部』は同好会のままだわ！　私たちほど、学校に貢献《こうけん》している人間はいないのに、その私たちが同好会のままなんて、おかしくない!?」

「エリカ、落ち着いて。部として認《みと》められるためには、部員が７人以上必要なんだから、仕方ないじゃない。もうすぐ新学期だし、新入生が入ってきたら、なんとかなるわよ」

最近《さいきん》エリカは、口を開けば「部員集め」のことばかり話している。隆也が、部員集めに協力する様子がまったく見られないせいで、エリカが焦っているのもわかるけど……。

しかし、部員集めに力を入れれば入れるほど、その尋常《じんじょう》ならざる迫力《はくりょく》は、新入生たちが入部するための障害《しょうがい》になることは間違《まちが》いなかった。そんな美樹の想《おも》いを知ってか知らずか——どう考えても、知らずだろうが、エリカは息巻《いきま》く。

「新学期になればなんとかなるなんて、甘《あま》いわね、美樹。1年生が入ってきたからって、彼らが入部する保証《ほしょう》はないわ。大手《おおて》の企業《きぎょう》だって、最近は優秀《ゆうしゅう》な人材を確保《かくほ》するのに苦労してるのよ？　この時代に生き残るなら、イメージ戦略《せんりゃく》を強化して、悩《なや》み解決部《かいけつぶ》のよさをアピールする必要があると思うの」

「私たちのよさねぇ……」

エリカの思いつきは悪くないし、実際に自分たちの活動は人の役に立っていると思う。けれど、先生たちや学校のみんなから「悩み部」と呼《よ》ばれ、問題児《もんだいじ》の集団扱《しゅうだんあつか》いされている自分たちのイメージを払拭《ふっしょく》するのは、たやすいことではない。

「エリカは、具体的にどうすれば、悩み解決部のイメージがよくなると思うの？」

「そうねぇ、例《たと》えば――」

エリカがあごに指を当て、思案顔《しあんがお》で何か言おうとした。まさにそのとき、「ただいま～」という、間《ま》のびした声とともに、今度小学4年生になる弟の裕太がリビングに入ってきた。

少年野球の練習のハードさを物語るように、朝見たときには真っ白だったユニフォームが茶色に染《そ》まり、顔にすり傷《きず》まで作っている。その姿《すがた》を見たエリカが、露骨《ろこつ》に顔をしかめた。

「悩み解決部だったら、しごきみたいなトレーニングもないわよ。裕太だったら特別に、高校生になる前に入れてあげてもいいけど」

「入りたくない。汗《あせ》もかかないで、おしゃべりしてるだけなんでしょ？」

驚《おどろ》くほど冷《さ》めた目でエリカを見つめ、裕太が口《くち》の端《はし》を上げて皮肉《ひにく》に満ちた笑《え》みを浮かべる。

「今の、どういう意味よ!?　ていうか、あなた、今、地蔵《じぞう》の真似《まね》したでしょ!?」

「エリカ、暴力《ぼうりょく》はいけないわ！　裕太、今のはあなたが悪い！　謝《あやま》りなさい!!」

「だって……」

姉たち2人に勢《いきお》いよく責《せ》められ、さすがに自分が悪かったという自覚があるのか、裕太がしゅんとうなだれる。さっきの人を馬鹿《ばか》にした態度《たいど》といい、どうも様子がおかしい。

「野球で何かあったの？　何か悩みがあるなら、お姉さんたち、じゃなくて、悩み解決部が相談に乗るわよ」

「だから、悩みなんて――」

「そう。じゃあ、何もないのに人を小馬鹿にしたのね。なら、バツとして、ケーキはなしよ」

「えーっ!?　そんな……！」

余裕《よゆう》たっぷりといった様子で言い切るエリカと、その隣《となり》で「あーあ」と肩《かた》をすくめている美樹のことを、うらめしそうな顔つきでながめて、裕太は渋々《しぶしぶ》口を開いた。

「あのさ、僕の野球チームにね、大輔《だいすけ》くんっていう5年生の先輩《せんぱい》がいるんだ。大輔くんは1年生の頃からずっと野球をしていて、将来《しょうらい》はプロになりたいって言ってるんだけど、この間の練習試合で右ヒジをケガしちゃって。今度、病院で手術《しゅじゅつ》を受けることになったんだ」

「ふーん。スポーツにケガはつきものとはいえ、大変ね」

完全に人ごとといったエリカの反応に、裕太がムッと口をとがらせた。

「エリカ姉ちゃんが言えっていうから言ってるのに、真剣《しんけん》に聞いてよ！　野球にすべてをかけている人間にとって、グラウンドに立てないことは、死《し》ぬよりもつらいことなんだから！」

「そんな、小学生の野球チームでしょ？　大げさね」

「でも、裕太のチームなら、真剣にプロを目指《めざ》している子がいたとしたって、おかしくないわ」

「え？」

初めて聞く話だったのか、エリカが不思議《ふしぎ》そうに首をかしげる。美樹は小さくうなずいて、説明を続けた。

「裕太のいるチームは、いわゆる名門《めいもん》リトルでね、去年は地区大会《ちくたいかい》で優勝《ゆうしょう》して、全国大会でもいいところまでいっているの。プロ野球選手も、何人《なんにん》も輩出《はいしゅつ》しているのよね？」

「そうだよ！　僕はまだ3年生だから出られないけど、5年生になったら、絶対《ぜったい》にレギュラーの座《ざ》を勝ち取るんだ！」

ごく一般的な小学生の裕太でさえこの調子なのだから、その大輔という子は、きっとすごくつらいはずだ。せっかくプロを目指してきたのに、ヒジをケガしてしまっては、野球を続けることもままならないのではないだろうか。

自分が野球を離《はな》れ、治療《ちりょう》を受けている間、ライバルたちはどんどんうまくなっていく。その姿《すがた》を目にしたとき、彼は何を思うのだろう？

「その大輔って子、手術を受ければちゃんと治《なお》るんだよね？」

美樹の質問に、裕太はちょっと悩んだ末、「うん」と、ためらいがちにうなずいた。

「そこまでひどいケガじゃないから、手術をすれば治るって、みんなが言ってた。でも、お医者さんが、いくら『大丈夫《だいじょうぶ》だよ』って言い聞かせても、大輔くんは全然《ぜんぜん》信《しん》じないんだって」

「え？　どうして？」

「僕、監督《かんとく》と大輔くんのお母《かあ》さんが話してるところをたまたま聞いちゃったんだ。大輔くんは、『この手術で命《いのち》は助《たす》かるけど、僕の選手生命《せんしゅせいめい》は終《お》わるんだろ？』って言って、手術を受けようとしないんだって」

「ちょっと、その大輔って子、ドラマの見すぎなんじゃない？『選手生命が終わる』って、どんだけ主人公気取《きど》りなのよ」

エリカがプッとふき出す。けれど、裕太ににらまれて、少し気まずそうに口を閉じた。

美樹としては、エリカのつっこみもわからないではなかったけれど、人の思いこみというのは、厄介《やっかい》なところがある。一度ダメだと信じてしまったら、その考えを覆《くつがえ》すのは、けっこう難《むずか》しい。その大輔という子が手術を受ける気になるようにするためには、どうしたらいいだろう？　美樹がそんなことを考えていたそのとき、横からフッフッフという不気味《ぶきみ》な含《ふく》み笑《わら》いが聞こえてきた。

何かと思って顔を向けると、エリカが「いいことを思いついたわ」と、満面《まんめん》の笑みでつぶやいていた。

嫌《いや》な予感《よかん》がする……。

美樹がその意味を確《たし》かめようとした。その直前に、エリカは叫《さけ》んでいた。

「美樹！　地蔵も呼んで、今度みんなで大輔くんの入院している病院へお見舞《みま》いに行くわよ！」

「何で？」

「大輔くんが手術を受ける気になるよう、私たちで励《はげ》ましてあげるのよ！　ユーモアと人間味《にんげんみ》あふれる言葉の数々に、感動して涙《なみだ》ぐむ野球少年と、周囲の人たちからの感謝に謙遜《けんそん》する、私たち悩み解決部のメンバー！　その写真つきの活動報告書《かつどうほうこくしょ》を作成して、新聞部《しんぶんぶ》に取り上げてもらうのよ。これはまたとない絶好《ぜっこう》のイメージ戦略《せんりゃく》になるわ！」


そして1週間後の朝、美樹たちは裕太の案内《あんない》で、大輔が入院しているという病院に来ていた。

「見て、見て！　あのお鼻、すごーい！　ピエロさんたちが3人もいる!!」

廊下《ろうか》を歩いている美樹たちを指さし、病室から顔を出した子どもたちがキャッキャとはしゃぐ。結局、受付で待ち合わせをしたあと、エリカに押し切られる形で、美樹と隆也の2人も赤鼻の飾《かざ》りをつけることになったのだ。

子どもたちに追いかけられて、美樹は顔が真っ赤になるのを感じたが、隣《となり》を歩いている隆也はいつもと同じ無表情《むひょうじょう》に赤い鼻飾りをつけながら、堂々としている。ピエロといえば、ホラー映画の殺人鬼《さつじんき》の扮装《ふんそう》としても有名だ。無表情なピエロを子どもが見たら泣くんじゃないかと心配していたが、素顔《すがお》がイケメンであれば、意外と問題ないらしい。

さらに意外といえば、エリカの子どもに対する対応も、美樹の予想から大きく外れていた。

「はい、こんにちは！　今日《きょう》はよい子のみんなに、プレゼントを渡《わた》しに来たのよ。お絵《え》かき帳《ちょう》とか、絵本とか、好きなものを一つ選んでね」

エリカが子どもの頃に使っていたものや、余《あま》ったもののお下がりらしい。病室を一つずつ回っては、ベッドの上で退屈《たいくつ》そうにしている子どもたちに、大きな白い袋《ふくろ》から取り出したプレゼントを渡していく。

エリカは、ホスピタル・クラウンとサンタクロースを混同《こんどう》しているのかもしれない。こういうことは、子どもたちを笑わせるホスピタル・クラウンの仕事ではない。だけど、エリカが自分なりに考え、子どもたちを一生懸命《いっしょうけんめい》喜《よろこ》ばせようとしていることが伝《つた》わってきて、美樹はなんだか嬉《うれ》しくなった。

そうしてフロアをぐるりと一周したあと、美樹たちは南向きの角部屋《かどべや》の前で足を止めた。

「ここが大輔って子の病室ね」

入り口に、佐々木大輔《ささきだいすけ》と書かれたプレートがつけられているのを見つけて、エリカが振り返《ふかえ》る。小さくうなずいた美樹は、エリカの横から室内をのぞいてみた。

4人部屋《よにんべや》の奥《おく》で、ベッドの上に半身《はんしん》を起こし、ぼんやりと窓《まど》の外を眺《なが》めている少年がいた。

「大輔くん、具合《ぐあい》はどう？　お見舞いに来たよ」

美樹たちの間をすり抜け、病室に入った裕太がベッドに近づいて行く。大輔と呼ばれた少年は裕太を前にして、わずかに目を伏《ふ》せ、力なく首を横に振《ふ》った。

「裕太、来てくれてありがとう。でも、お見舞いはもういらないよ」

「え？　どうして？」

「だってオレ、もうすぐ死ぬから」

「ええーっ!?」

この大輔という子は、急に何を言い出すんだろう？　彼はヒジを故障《こしょう》したせいで、手術を受けるために入院していたはずだ。命にかかわることなんて、まるでない。なのに、死ぬなんて、どうしたんだろう？

「お母さんも、お父さんも、お医者さんも、監督も、みんな口をそろえたように、『大丈夫』って言うんだ。でも、みんながみんな同じことを言うのっておかしいだろ？　ドラマじゃ、そういうのは、本当のことを隠《かく》しているときのセリフなんだ。オレは全然大丈夫なんかじゃない。みんな、オレを不安にさせないように、口裏《くちうら》を合わせてるだけなんだよ！」

「大輔！　さっきから黙《だま》って聞いていれば、あなた、何なの！」

美樹の右隣《みぎどなり》で、エリカが声を荒《あ》らげて叫《さけ》んだ。

「ちょっと、エリカ！　相手は子どもよ！　落ち着いて！」

こちらの制止《せいし》など、はなから聞いちゃいない。「ホスピタル・クラウンの仕事なんて、もうやっていられない」とばかりに、エリカが鼻につけていた飾りを投げ捨《す》てて、ズンズンと大股《おおまた》で病室に入っていく。

気づいた大輔が振り向く。その鼻先に指をつきつけ、エリカは思ったままの言葉を口にした。

「さっきから口を開けば、ネガティブなことばかり、何なの!?　みんながそろって『大丈夫』って言うのは、それだけあなたのケガが軽いってだけでしょ!?　この病棟《びょうとう》には、あなたよりもっと重い病気で苦しんでいる子どもたちが大勢《おおぜい》いるのに、ヒジのケガくらいで『死ぬ』なんて騒《さわ》いでるんじゃないわよ！」

突然《とつぜん》のお説教《せっきょう》に、大輔は面食《めんく》らった顔でエリカを見上げて——そして、まったくもっともな問いを口にした。

「誰《だれ》、この人？」

「あ、えっと、僕のお姉ちゃんが通っている高校で、偶然クラスが同じ人みたいだけど……」

本当は全力で他人《たにん》のフリをしたいのだろう。裕太が顔を引きつらせながら答える。エリカはそんな2人のやり取りを無視《むし》して、再《ふたた》び大輔に話しかけた。

「自己紹介《じこしょうかい》が遅《おそ》くなったわね。私は、永和学園で悩み解決部の部長を務《つと》めている藤堂《とうどう》エリカよ。今日はわけあって、あなたを励《はげ》ますためにここに来たんだけど、茶番《ちゃばん》はやめよ！　あなたは四の五の言わずに、手術を受けなさい！」

エリカの言いたいことは、よくわかる。美樹だって、同じことを思っていたから。だけど、ものには言い方がある。

心配して大輔を見ると、案《あん》の定《じょう》、さっきまで愁《うれ》いを帯《お》びていた表情が凍《こお》りついていた。

「今日、初めて会ったのに、勝手なことばかり言って何だよ。オレのことなんか、何も知らないくせに！　お母さんもお父さんも、みんなオレに気をつかって隠《かく》してるだけで、本当は骨のガンか何かなんだ！　でなきゃ、全身がこんなにだるい理由《りゆう》も、ヒジがすっごくズキズキする理由も説明《せつめい》できないだろ！　あの木の葉っぱが落ちるたびに、体の調子がどんどん悪くなっていくのを感じるんだ。あの木の葉っぱが全部落ちたとき、オレは死んじゃうんだよ！」

「何それ!?　O《オー》・ヘンリーの『最後《さいご》の一葉《いちよう》』？　なんでドラマの主人公気取りなの!?　だるいのは寝すぎだし、ヒジが痛いのは靭帯《じんたい》を伸《の》ばしたからよ。それに、あの木の葉が落ちるのは病気だからじゃない？　あなたとあの木の葉に何の関係があるっていうの？　あなた、あの木の精霊《せいれい》か何かなの？　なら、野球なんてしてないで、おとなしく光合成《こうごうせい》でもしてなさい!!」

小学生が相手であっても、エリカは容赦《ようしゃ》ない。畳《たた》みかけるように論破《ろんぱ》され、大輔の目元《めもと》にうっすらと涙がにじむ。

「自分の身体《からだ》のことは、自分が一番よくわかってるんだ！　手術を受けたって、きっと何も変わらないよ。あの木の葉っぱがなくなったら、オレも死ぬんだ！」

「あなたねぇ……わかったわ。そんなに言《い》い張《は》るんなら、試《ため》してみたらいいじゃない」

「え？」

エリカの真意がわからず、大輔ばかりか、後ろでハラハラ様子を見守っていた美樹まで、思わず間《ま》の抜《ぬ》けた声を上げてしまった。

「試すって、いったい何を?」

「明日、私はもう一度あなたのお見舞いに来るわ。だから、覚悟《かくご》してなさい」

お見舞いで覚悟って――言葉がちぐはぐすぎて、頭が混乱する。

この場にいたみんなの困惑《こんわく》に満ちた眼差《まなざ》しを受けても、エリカはまったく動じない。彼女は言いたいことを言い終えると、再び鼻に真っ赤な飾りをつけて、病室を出て行ってしまった。
O.ヘンリーの『最後の一葉』という小説では、最後の1枚の葉っぱが落ちないように、画家が壁《かべ》に葉っぱの絵を描いた。エリカは、どうするつもりだろう?
「美樹、地蔵、行くわよ! ホスピタル・クラウンとして、私たちの訪問を待っている子たちは、まだたくさんいるんだから」

しかし、今回の病院訪問をどう報告すれば、悩み解決部のイメージアップにつなげられるのだろう。新聞部を呼ばなかったことだけが、唯一《ゆいいつ》の幸運に思えた。病院に入院している小学生に本気で食ってかかっている姿《すがた》を激写《げきしゃ》されていたら、活動停止《かつどうていし》や廃部《はいぶ》の可能性《かのうせい》すらあったかもしれない。

エリカのアイデアが何なのか、美樹にはさっぱりわからなかったけれど、ハッピー・エンドを迎《むか》える予感《よかん》は、少しもなかった。


その翌日、美樹の不安は最悪の形で現実になった。いや、想像していたものより、輪《わ》をかけてひどいかもしれない。

ベッドから起き上がり、カーテンを開けて窓の外を見た大輔は、口をあんぐり開《あ》けて絶句《ぜっく》した。その視線の先には、丸坊主《まるぼうず》にされた１本の木が立っていた。もちろん、葉っぱがすべて自然に落ちたわけではない。

木の横には、ブルーグレーのつなぎを着たオジサンが立っており、彼が持っている白いずだ袋《ぶくろ》の中から、茶色の葉っぱが顔を出している。彼はエリカの家の庭《にわ》の管理をしている庭師《にわし》で、窓から見える木に残《のこ》っていた葉っぱを１枚《まい》残さず、むしり取ってしまっていた。

「どう？　葉っぱはなくなったけれど、あなたはまだ生きているでしょ？」

「な、な　なんてことをしてくれたんだよ!?　オレを殺したいのかよ!!」

ようやく事態《じたい》を飲みこんだ大輔が、ベッドの隣で得意げに言うエリカを見上げて、顔を赤く怒気《どき》に染《そ》める。だけど、小学生に何か言われたくらいで動じるエリカではない。

「私は別に悪いことなんてしてないわ。病院の許可もちゃんと取ってあるし。第一、木の病気を治すためには、余分《よぶん》な栄養《えいよう》を取っている葉っぱを一度落としてやることも大切なのよ」

「でも……！」

「でもって、あなたはこれでもまだ『死ぬ』と言い張るつもり？　というか、そもそもあなたは、どうしてそんなに死にたいの？」

「…………」

核心をついたエリカの質問に、どう答えたらいいかわからなかったのか、大輔が言葉につまる。

ハラハラしながら2人のやり取りを見ていた美樹には、大輔のとまどいが理解できる気がした。大輔の年で死にたいと思う子どもなんて、いるはずがない。だけど、入院している間、何もできない自分がくやしくて、自由にならない身体がもどかしくて、自暴自棄《じぼうじき》になり、「死ぬ」という言葉を口にしたのかもしれなかった。

エリカの問いが脳内《のうない》を駆《か》けめぐっているのか、口を固《かた》く引き結んだ大輔が、シーツの端《はし》をシワになるほど強く握《にぎ》りしめる。やがて彼は下を向いたまま、ポツリとこぼすように言った。

「……オレ、死にたくない」

まぎれもない大輔の本音《ほんね》を耳にして、エリカの口元に笑みが浮かぶ。

「そう。本気で治したいのなら、『死ぬ』なんて言うのはもうやめなさい。そういう負の言葉を口にし続けていると、治るものも治らなくなってしまうわ」

「じゃあ、良くなるために、オレはどうしたらいいの?」

「おとなしく手術を受けることよ。あの木と一緒でね」

エリカが窓の外に目をやる。彼女は窓辺《まどべ》に近づいて行くと、ガラスにそっと手を押し当てて続けた。

「あなたの手術と同じ日に、あの病気の木はもう一度、お薬をもらうことになっているわ。あの木が再《ふたた》び若葉《わかば》を芽吹《めぶ》く頃には、あなたも全快《ぜんかい》している。どうせ信じるなら、そういう『生きる力』のほうを信じなさいよ!」

「……オレ、本当に良くなるかな?」

「もちろん！　必ず治るって信じていれば、免疫力《めんえきりょく》が活性化《かっせいか》されて、回復スピードも早まるってものよ」

「そうしたら、オレ、地区大会に出られる？　決勝のグラウンドに立てる？」

「ええ！　私が約束するわ。必ず試合を見に行くから‼」

自信満々《じしんまんまん》に言い切るエリカを見上げて、大輔の顔に笑《え》みが浮かぶ。初めて目にするその笑顔は年相応《としそうおう》で、両頬《りょうほお》にできたエクボがとてもかわいかった。

その後、病院の中庭で枯《か》れかけていた病気の木は、庭師の努力と、春の陽気《ようき》に癒《い》やされて青々とした葉っぱを取《と》り戻《もど》した。

そして、あっという間に少年野球の地区大会の決勝戦の日がやってきた。

どんなにつらくても、大輔との約束だけは守らなくてはいけない。

その日、美樹は朝早くからエリカを家まで迎《むか》えに行き、２人で試合会場まで足を運んだ。病院で、あんなに威勢《いせい》のいいことを言ってしまった手前、エリカの気まずさは自分の比《ひ》ではないだろう。

「ほら、エリカ、始まるわよ！　ちゃんと見届《みとど》けよう」

美樹が声をかけると、隣のスタンドに座っているエリカは、少しばつの悪そうな顔をしつつも、バッグの中からオペラグラスを取り出した。美樹は見なかったことにして、グラウンドに視線を向けた。

大輔のチームは後攻《こうこう》で、今は守備《しゅび》についている。しかしそこに、大輔の姿《すがた》はなかった。

「まあ、しょうがないよ。エリカだって、できる限りのことはしたんだから……」

「…………」

美樹の慰《なぐさ》めにも、エリカは険《けわ》しい表情を崩《くず》さない。

やがて試合が進むにつれ、エリカの顔はどんどんこわばっていった。試合は裕太と大輔の所《しょ》属《ぞく》しているチームが6点をリードしたまま、８回の裏を迎《むか》えた。ここまでくれば、相手チームに追いつかれることはまずないだろう。

「どうして？　どうしてあんなに頑張《がんば》っていた大輔が試合に出られないの？　勇気を出して手術にだって立ち向かっていったのに……！」

「エリカ、こればかりは頑張ったからって、必ずどうにかなるものでもないんだから、仕方ないよ。エリカが気に病《や》むことはない。大輔くんだって、わかってくれるはずだよ」

「でも、裕太は、『大輔くんはプロを目指している』って言ってたじゃない?」

「『目指している』からって、実力があるとは限らないわ。もともと大輔くんは補欠《ほけつ》だったんだって。それに加えて、長い間、入院していて練習を休んでいたんだから、今日ベンチ入りできているだけでも立派《りっぱ》だよ」

裕太から聞いた話によると、ヒジの手術は成功し、大輔は驚異的《きょういてき》なスピードで回復《かいふく》したという。しかし、そのことと、レギュラーになれることは、まったくの別問題だ。

「せめて、ちょっとだけでもグラウンドに立てたらいいのに」

エリカが胸の前で手を組み、自分のことのように熱心に祈《いの》る。まるでそれを待っていたかのようなタイミングで、そのとき、スピーカーからアナウンスが流れてきた。

「ここで選手交代《こうたい》のお知らせです。9番、川内浩介《かわうちこうすけ》くんに代わり、15番、佐々木大輔くん――」

「大輔!?」

叫《さけ》んだエリカがオペラグラスを顔に当て、スタンドから身を乗り出す。その先に視線を重ねた美樹もまた、胸をなで下《お》ろしていた。

もう勝利が確定《かくてい》したからと、記念的に代打《だいだ》に送られたのかもしれない。しかし、理由はどうあれ、美樹たちが見守る中、ベンチから出てきたのは、確かに大輔だった。

「ダイスケ――!!」

エリカが大声で叫ぶ。名前を呼ばれ、こちらの存在に気づいたのだろう。グラウンドへ向かう途中で、バットを持った大輔が、空《あ》いているほうの手をひらひらと振《ふ》ってきた。

「美樹、大輔がグラウンドに立ったわ!!」

エリカと2人で、抱《だ》き合《あ》って喜《よろこ》ぶ。

大輔が力強くバットを構《かま》える。そして、ものすごいスピードでバットを振った。

熱気に満ちたグラウンドに、審判《しんぱん》が「ストラーイク!」と叫ぶ声が響《ひび》く。その数はきっちり3回。しかも最後には「バッターアウト!」のおまけつき。

その豪快《ごうかい》な空振《からぶ》りを前にして、大輔のヒジが完治《かんち》したことだけは、野球にうといエリカと美樹にもよくわかった。

［スケッチ］

高い家賃《やちん》の部屋《へや》

その日、相田《あいだ》家のダイニングでは、優雅《ゆうが》なティータイムが始まろうとしていた。木目《もくめ》が美しいテーブルの上では、淹《い》れ立《た》ての紅茶《こうちゃ》が湯気《ゆげ》を立て、オレンジピールを練《ね》り込《こ》んだスコーンが甘い香《かお》りを放っている。すべてが手作りのアフタヌーンティーは、決して豪華《ごうか》ではなかったけれど、ひとつ一つに招待主《しょうたいぬし》である相田恭子《きょうこ》の真心《まごころ》が感じ取れる。

出されたお茶だけではない。こぢんまりとした一軒家《いっけんや》のリビングには、白いソファーによく合う手縫《てぬ》いのクッションが置かれ、棚《たな》の上には、家族の思い出の瞬間《しゅんかん》を切り取った写真がいくつも並べられている。これらはすべて主婦であり、母でもある恭子のやさしさと気遣《きづか》いをよく表していた。

「お待たせ、桂子《けいこ》。どうか遠慮《えんりょ》せずにいっぱい食べてね。たくさん作っちゃったから」

台所仕事を終えた恭子が、目の前のイスに座ってにっこり笑う。その姿《すがた》に、お茶に招《まね》かれたただ一人《ひとり》の客である加賀美《かがみ》桂子は、思わず深いため息をこぼしてしまった。

「恭子は本当に幸せそうでいいわねぇ……」

「桂子？　急にどうしたの？」

恭子が驚《おどろ》いたようにパチパチと瞬《まばた》きを繰《く》り返《かえ》す。だけど、桂子は気にすることなく、心の底からしぼり出すようなため息を再びついた。

「別に急な話じゃないわ。今まで口にしなかっただけで、ずっと考えていたことだもの。同じ大学を出ても、私たち、全然違う人生を歩んでいるのね……」

つぶやく桂子の脳裏《のうり》に、初めて恭子に会った日のことが思い出される。

今からもう20年近くも前のことだ。女子大の英文科に進学した桂子は、ガチガチに緊張《きんちょう》していたオリエンテーションの席で、自分がいかに『指輪物語《ゆびわものがたり》（ロード・オブ・ザ・リング）』というファンタジー小説が好きかを熱弁《ねつべん》した。一方で、ほかのみんなは、サークルやバイト、恋愛など、明るいキャンパスライフについての期待を語っていた。その結果、一人だけ真面目《まじめ》な話をした桂子は、妙《みょう》に浮《う》いてしまったのだ。

せっかく英文科に進学したのに、どうして英文学の話をしてはいけないのだろう？

コンパの席で、いじけてウーロン茶を飲みながら、新しく同級生となった子たちの話に耳をかたむけていた。そのとき話しかけてくれたのが、当時はまだ旧姓《きゅうせい》の小川《おがわ》を名乗っていた恭子だった。

「私は『ナルニア国《こく》物語』のほうが好きだけど、『指輪物語』も面白《おもしろ》いよね」と言ってくれた。その一言で、桂子は恭子とすっかり意気投合《いきとうごう》した。

大学を卒業して就職したあと、互《たが》いに結婚して専業主婦《せんぎょうしゅふ》になった。2人の交流はそれからも続いたけれど、年を重ねれば重ねるほど、お互いの境遇《きょうぐう》に違いが出てくることを実感させられた。

現実の世界を知らず、ファンタジーの世界で遊んでいられた学生の頃《ころ》が懐《なつ》かしくもあり、苦々《にがにが》しくもある。

桂子にとって恭子は、今でもいちばん大切で仲の良い友人だ。しかし、同じ主婦でも、恭子は桂子と違い、すべてにおいて恵まれていた。少なくとも、桂子はそう感じていた。

公務員の夫と結婚した恭子は、結婚してすぐ美樹と裕太という2人の子どもを産《う》んだ。子どもを産むだけが幸せではないし、子どもをもつことの苦労もわかっているつもりだけど、それでも桂子はうらやまずにはいられなかった。桂子には子どもがいなかったからだ。「自分が知らない幸せを知っている」ことが、絶対にうめることのできない溝《みぞ》であるように感じた。

しかも、恭子は夫の両親との同居を選んだおかげで、一軒家《いっけんや》まで手に入れている。「義父《しゅうと》が厳《きび》しい」とか、その義父が「認知症《にんちしょう》になって世話をするのが大変」ということを、以前、恭子の口から聞いたことがあるけれど、一軒家に住めるなら、そんな苦労は、苦労のうちには入らない。

桂子はというと、夫の伸一《しんいち》はうだつの上がらない商社マンで、「ウサギ小屋だってもう少し広いだろう！」と、自分でつっこみたくなるような古いアパートに住んでいる。

自分のアパートと恭子の家を比べてしまって、桂子は情けない気持ちでいっぱいになった。

「恭子も知ってると思うけど、伸一さんったら、あの通り気の弱い人でしょ？　人に何か頼まれると断れなくて、貧乏《びんぼう》クジを引いてばかりいるのよ。おかげで出世《しゅっせ》できないし、お給料もちっとも上がらないの」

「でも、伸一さんってすごくやさしいじゃない。うちのダンナなんて、家事の手伝いは一切してくれないわ。結婚生活を続けていく上では、お給料の多さより、そういう人の好《よ》さのほうが大切じゃない？」

「そういうことはね、持ち家に住んでいるからこそ言えるのよ！　うちのボロアパートに住んでみたら、一日で考えが変わるわ」

恭子の気遣《きづか》わしげなフォローに、桂子はついイラッとして声を荒《あ》らげてしまった。恭子が息を飲んだのを見て、少し言い過ぎたと後悔《こうかい》する。だけど、一度口から飛び出した言葉を撤回《てっかい》することはできない。

桂子は目の前の紅茶を一口すすると、深いため息と一緒《いっしょ》に、心の奥底に積もっていた不満を一気にぶちまけた。

「子どももいて、夫に安定した収入があって、家賃《やちん》の心配もしなくていい人には、きっと一生わからない不安よ。夫のやさしさなんていらないから、せめて友だちを呼んでも恥《は》ずかしくない家に住みたいわ。それで部屋を英国風《えいこくふう》の内装《ないそう》にして、恭子みたいに友だちをお茶に招待するの。もっと家賃が高くて、もっと広い部屋に私は住みたいのよ！」

「桂子、落ち着いて。そういえば今度、伸一さんが転勤《てんきん》になるかもしれないって話をしてたじゃない。桂子が今住んでいるあたりは家賃が高いから、部屋の広さも制限があるけど、地方に行けば、同じくらいの家賃でも、もっと広い部屋に住めるんじゃない？」

「もうっ！　家賃は高くなっても食費を削《けず》ればいいだけの話だから、とにかく私をもっといい部屋に住まわせてちょうだい!!　この際、場所は大草原でもどこでもいいわ！」

「ちょっと待って！　上に『大草原の』ってついたら、『小さな家』になっちゃうわよ！　それでもいいの？」

「あ、そうね。一軒家でも、丸太小屋はさすがに嫌だわ」

英文科出身の2人だからこそわかるやりとりに、目を見合わせる。一拍後、プッとふき出した桂子につられて、恭子も笑いだした。先ほどまでの、やや気まずい空気は、2人の大爆笑《だいばくしょう》によってふきとばされたのだった。


それから1週間経《た》った日の夕方、台所で夕飯の支度《したく》をしている桂子のもとに、夫の伸一から電話がかかってきた。

「もしもし、桂子？　突然だけど、僕《ぼく》たち今度から、家賃の高い部屋に住むことになりそうだよ」

「え？」

スマホをスピーカーホンにし、洗い物をしていた桂子は、思わずカップを取り落としそうになった。

「家賃の高い部屋って、どういうこと？　転勤が決まったの？」

「あ、ごめん。会議の時間だから、もう切るよ。詳《くわ》しいことは、家に帰ってから説明するね」

「ちょっと待《ま》ってよ！　伸一さん!?」

スマホに向かって呼び止める。だけど、返ってきたのはツーツーという無機質《むきしつ》な機械音だけだった。

「伸一さんったら、いよいよ転勤が本決まりになったのね」

流し台の水を止め、室内を見回す。そのうちに、桂子は口元《くちもと》が自然とほころんでいくのを感じた。

前々から話が出ていたとはいえ、今回の転勤は急なことだ。会社の都合《つごう》で転勤を命じられた場合には、当然あちらで住む場所を用意してくれるに違いない。会社がマンションを借り上げてくれるのか、それとも転勤に伴って給料に特別手当がつくのか、どちらかはわからないけれど――。

「いずれにせよ、ここより家賃の高い、もっと素敵《すてき》な家に住めるのね！　今度こそ部屋を英国風に飾《かざ》れるわ！」

今にも叫《さけ》びたい気持ちになって、小躍《こおど》りする。恭子に第一報《だいいっぽう》を伝えようと思ったが、それはやめた。もっと詳しいことがわかってから、直接会って話そう。

桂子は、まな板の上に並べた食材をちらりと見ると、それらをすべて冷蔵庫の中に戻した。


その日の夜、クタクタになって帰宅した伸一は、食卓の上を見て、ギョッと目を見開いた。

「いったいどうしたんだ!?　このご馳走《ちそう》は！」

手狭《てぜま》なテーブルの上には赤身の鮮《あざ》やかなローストビーフや、卵焼きのように中はフワフワで、外側はカリッと焼かれたヨークシャープディングなど、英国風の豪華《ごうか》な料理が今にも端《はし》からこぼれ落ちそうなほど、たくさん並べられていた。

「おかえりなさい、伸一さん。今日はお祝《いわ》いだから、奮発《ふんぱつ》しちゃった」

台所から顔を出した桂子が、濡《ぬ》れた手をエプロンでふきながら、上機嫌《じょうきげん》で話しかけてくる。

その様子に、伸一は首をひねった。

「お祝《いわ》いって、何かいいことがあったの？」

「転勤が決まったんでしょ？　あなたにとっては転勤って、いろいろ大変だから、お祝いっていう気分にはならないかもしれないけど、私はそうは思わないわ。うちには子どももいなくて転校を気にしなくていいから、いつでも引っ越しできるもの！」

「転勤？　引っ越し？　誰《だれ》がそんなことをするんだい？」

「え？　家賃の高い部屋に住むことになりそうだって、さっき電話で……」

桂子のセリフに、伸一は「ああ、そのことか」と納得《なっとく》して答えた。

「突然《とつぜん》のことだから驚《おどろ》くかもしれないけど、今日、会社にアパートの大家《おおや》さんから電話がかかってきたんだ。なんでも来月に控《ひか》えているアパートの契約更新《けいやくこうしん》から、家賃《やちん》を値上げしたいらしい。10年以上も同じ家賃だったけど、これ以上、この家賃ではやっていけないって、泣《な》きつかれたんだよ」

「ちょっと待って。それじゃあ、家賃の高い部屋に住むっていうのは……」

「この部屋の家賃が高くなるんだよ。むしろ、食費を切《き》り詰《つ》めていかなきゃいけないんだけど、せっかく作ってくれたんだから、今日《きょう》は豪勢《ごうせい》な食事を楽しもう！」

「…………」

桂子の手から落ちた菜箸《さいばし》が、カランと乾《かわ》いた音を立てて床《ゆか》に転がる。

「明日《あした》と明後日《あさって》、私は用事があって夕食を作れないから、今日作った料理を冷凍《れいとう》しておくわ！明日からは、それを解凍して一人で食べてちょうだい!!」

作った料理にラップをかけて急速冷凍する。それと同時に、桂子は自分の心も、すごい勢《いきお》いでフリーズしていくのを感じていた。

この気持ちは、いつか解凍できるのだろうか。そんなことを、ぼんやり考えた。

噂《うわさ》の真《しん》相《そう》

放《ほう》課《か》後《ご》の体《たい》育《いく》館《かん》に、ダムダムとバスケットボールをドリブルさせる音が響《ひび》く。たくさんのギャラリーが見守る中、コートでは、一人の選手が、対《たい》峙《じ》する相手のディフェンスをいとも簡《かん》単《たん》に抜《ぬ》き去《さ》った。

相手チームの誰《だれ》かが「戻《もど》れ!」と叫《さけ》んだがもう遅《おそ》い。その選手はダークブラウンの髪《かみ》の残《ざん》像《ぞう》だけをその場に残して素《す》早《ばや》くゴール下《した》までドリブルし、軽やかにダンクシュートを決めた。

「キャーッ! 要《かなめ》くん!」

「よっしゃあ、要! お前、天才確定‼」

女子たちの黄色い悲鳴を背《せ》に、駆《か》け寄《よ》ってきた黒《くろ》田《だ》亮《りょう》平《へい》が、シュートを決めた選手——武《たけ》内《うち》要とハイタッチを交《か》わす。

「やるわね、『アメリカ帰り』。これは、噂《うわさ》以上かもしれないわ」

美樹《みき》の隣《となり》で、バスケ部の練習試合を見ながらハーゲンダッツのアイスバーを食べていたエリカがポツリとこぼす。

美樹は目の前の光景と、先日、悩《なや》み解決部《かいけつぶ》を訪ねてきた女子生徒たちのことを思い出し、ガラにもなく「うーん」と気難《きむずか》しげなうなり声を上げてしまった。


武内要が父親の赴任先《ふにんさき》であるロサンゼルスから帰国し、永和学園《えいわがくえん》に転入してきたのは、悩み解決部の面々が2年生となった桜満開《さくらまんかい》の始業式の日だった。

美樹たち悩み解決部の3人は、クラス替《が》えにもかかわらず、そろって小畑花子《おばたはなこ》が担任《たんにん》を務《つと》める2−Aに進級した。しかし、そのことは、永和学園では大して話題にならなかった。それというのも、2−Aの隣《となり》のクラス、2−Bに超大型新人《ちょうおおがたしんじん》が登場したからである。それほどに、要は目立つ転校生だった。

モデルみたいに手足が長く、顔が小さいことに加え、てらいのない笑顔が爽《さわ》やかで素敵《すてき》だと、転校初日にして女子たちの注目を浴《あ》びた。性格にも、嫌味《いやみ》なところがなくて、亮平たち男子と馬鹿話《ばかばなし》もする。

しかも、彼はそれだけではなかった。アメリカの中学でバスケをやっていたらしく、ボールを持たせれば一流選手なみの働《はたら》きを示したし、始業式の1週間後に行われた実力テストでは、隆也《たかや》やエリカには及ばなかったものの、学年で総合3位の成績を収《おさ》めた。いくら帰国子女で英語がペラペラだからといって、古典《こてん》が入っている国語や歴史《れきし》のテストもある中で、これほどの好成績をとるとは並大抵《なみたいてい》のことではない。

永和学園のイケメン殿堂《でんどう》入りを果たしている早川淳《はやかわあつし》には、高崎菜乃佳《たかさきなのか》という彼女がおり、また誰にでも笑顔《えがお》で接するというほどの社交性はなかったため、彼のファンの半数が武内要に流れた、とも噂《うわさ》された。

突如《とつじょ》として現れたオールマイティー人間の存在に、エリカは何も言わなかったが、心の底ではおもしろくなかったらしい。実力テストの結果発表があった日、悩み解決部の部室に来ても、ずっとブスッとした顔つきでポッキーを食べ続けていた。

いつも堂々としている親友の、子どもっぽい一面に、美樹は思わず笑ってしまった。隆也には、「無感情」「ロボット」などというツッコミが使えても、要相手には、そんな隙《すき》さえ見つけられないのかもしれない。

とはいえ、要の転入が悩み解決部に大きな亀裂《きれつ》をもたらす結果になるとは、誰も予想していなかった。少なくとも、彼がバスケ部に仮入部《かりにゅうぶ》するまでは。

あとになって考えてみれば、当然のように予想できたことだけれど、要は女子たちに人気があった。その結果、「要がバスケ部に仮入部した」という情報が伝わるやいなや、マネージャー志望《しぼう》の女子たちがバスケ部に殺到《さっとう》したのだ。彼女たちを全員入部させると、選手の数よりもマネージャーの数のほうが多いという異常事態《いじょうじたい》になってしまう。

この事態にバスケ部は戸惑《とまど》い、最終的な判断として、マネージャーの選考会を開くことに決めた。それが、今から1週間前のこと。

結成から1年が経《た》っても、永和学園の生徒たちにとって、「悩み解決部」は困ったときの「何でも屋」という存在で、特に「ラクして困難《こんなん》を打開《だかい》したい」というときに思い出されることが多かった。この「マネージャーの座争奪戦《そうだつせん》」でも、しかりである。

要をめぐる恋《こい》の戦いに、「負けてなるものか」と思った女子生徒たちは、悩み解決部に押しかけて、選考会突破《とっぱ》のウラ技《わざ》を自分にだけ教えてくれと言ってきた。その数は、なんとこの1週間で20人に達した。悩み解決部を頼ろうとする者だけで20人もいるということは、マネージャー志望者はいったい全部で何人いるのだろう？

「アメリカ帰りがもてるのはわかるけど、どうしてみんなマネージャーになりたがるのかしら？　自分も女子バスに入部して、一緒《いっしょ》に大会を目指せばいいのに」

再び試合を開始した体育館で、エリカが心の底から不思議《ふしぎ》そうに言う。そのセリフに、美樹は隣《となり》でガクッとうなだれてしまった。

いろんな人の悩みを聞くようになったおかげで、エリカも、最近は人の気持ちが少しずつわかるようになってきたと思っていたけれど、やっぱりエリカはエリカだ。彼女は難しそうなビジネスの本なんかを読んでいないで、もっと少女マンガを読んだほうがいいと思う。

「あのね、エリカ。世の中には、自分がスポットライトを浴《あ》びるより、スターの恋人になるほうがいいって言う人も大勢《おおぜい》いるのよ」

「意味がわからないわ。しかも、そのために悩み解決部にすがろうとするなんて！　本気で好きなら、実力でアメリカ帰りを振《ふ》り向《む》かせるくらい、いい女になってみなさいよ」

「エリカ！」

歓声《かんせい》で満たされた体育館においても、自分を批判《ひはん》する声だけはなぜかクリアに聞こえるものらしい。近くにいた女子生徒がものすごい顔でこっちをにらんできたのに気づいて、美樹は慌《あわ》ててエリカの手を引っ張った。

「マネージャーになりたいって言う女の子たちの依頼は全部断ったんだから、いいじゃない。武内くんの活躍《かつやく》も見たし、今日はもう帰ろう！」

エリカは不満そうに口をとがらせていたけれど、そんなことは気にしていられない。足早《あしばや》に体育館を出て行く美樹たちの後ろで、要がまたシュートを決めたのか、黄色い悲鳴が体育館全体を揺《ゆ》らしていた。


次の日の放課後、いつもの平穏《へいおん》な時間を取り戻した美樹は、悩み解決部の部室で、親友の百《ひゃく》面相《めんそう》を興味《きょうみ》深《ぶか》く観察していた。

「この方法しかない」と、嬉《うれ》しそうに顔をパッと輝《かがや》かせたかと思えば、そのすぐ後には「やっぱりダメだわ」とつぶやいて、首を横に振る。「なんで、私たちの活躍《かつやく》が誰にも理解されないの」と怒《いか》り気味《ぎみ》に独《ひと》りごとを言ったかと思えば、今度は「やっぱり、地蔵《じぞう》みたいに無表情なヤツがいるから暗い部だと思われているんじゃないかしら……」と悲しそうに嘆《なげ》く。彼女をこれほどまでに悩ませている問題は、ただ一つ。部員集めである。

「悩み解決部」は、正式名称を「悩み解決部同好会《どうこうかい》」という。正式な部活動として認められるためには、部員が7名以上にならなければならない。しかし、結成から1年が経《た》ち、新年度を迎《むか》えても、「悩み解決部」の部員が増える気配《けはい》は一向になかった。

「ねぇ、美樹。どうやったら新入生たちに、悩み解決の重要性をアピールできるかしら？」

「うーん……ふつうのクラブだったら、仮入部で活動の一部を体験してもらうことができるんだけど……」

人の悩みをお試《ため》しで解決してもらうというのも変な話だ。かといって、クライアントの秘密《ひみつ》を守らなければならない立場の自分たちが、過去に解決した悩みを実績《じっせき》としてアピールするわけにもいかない。エリカも同じことを考えたのだろう。

「私たちは日々、世のため人のため働いているのに、この功績《こうせき》をアピールできないなんて！」

部室の机にべたっと頬《ほお》をつけてうめいている。そのとき、部屋の隅《すみ》から、隆也の声がした。

「藤堂エリカ、お前は新1年生ばかりを勧誘《かんゆう》ターゲットとして考えているようだが、その前に目を向けるべき連中が大勢《おおぜい》いるだろう？　新入部員が欲しいなら、俺《おれ》たちの活動を間近《まぢか》で見てきた2年生以上の者に声がけをしたほうが、効率《こうりつ》がいい」

――もっともらしい意見だけど、ことはそう単純ではない。

美樹は心の中でそっとため息をついた。

もしかすると、この隆也にも、簡単な人間心理がわかっていないのかもしれない。悩み解決部に部員が集まらないのは、きっとこの部が「問題児の集まり」と教師たちに思われているせいだ。入部しようものなら、自分も「問題児」の烙印《らくいん》を押されてしまうと、みんな恐《おそ》れているのかもしれない。

だから、部員を集めるためには、「品行方正《ひんこうほうせい》」にしていればいい。でも、それができるくらいなら、最初から「悩み解決部」なんて作っていないだろう。

思考が堂々めぐりを始め、美樹が頭を抱えた。そのとき、部室の扉《とびら》がコンコンとノックされる音が聞こえた。

「誰？　入部希望者以外、お断りよ！」

エリカがめんどうくさそうな声を上げる。美樹は、それを打ち消すように、「はい、はーい！」と大きな声で返事しながら、扉を開《あ》けにいった。

扉の向こうに立っていたのは、一人の女子生徒だった。名前は覚えていないが、この顔は覚えている。彼女はバスケ部のマネージャー選考会が開かれると決まったとき、その突破方法について真《ま》っ先《さき》に相談しに来た2年生だ。美樹と同じことに気づいたエリカが、露骨《ろこつ》に顔をしかめる。

「今日は何をしに来たの？　『どうすればマネージャーに選ばれるか』みたいな相談には乗らないって、この間、断ったはずだけど。そんなの『悩み』じゃないから。どんな結果になろうと、自分の実力で最後まで頑張《がんば》ってみなさいよ」

まさに先制攻撃の見本のようなきつい調子で言われ、女子生徒は一瞬《いっしゅん》ひるんだようだった。けれど、あまたいるライバルを押しのけても、「マネージャーになりたい」と言っていただけあって、それなりに気の強い子らしい。エリカの顔を正面から見返して、きっぱりと告げた。

「藤堂《とうどう》さん、私、マネージャーのことはもういいの。代わりに、悩み部のみんなに解決してもらいたい問題があって……まずはこれを見て」

そう言って彼女がカバンから取り出したのは、自分のスマホだった。ネットの掲示板《けいじばん》なのか、白く無機質《むきしつ》な画面にいくつもの書きこみが羅列《られつ》してある。

美樹はエリカと一緒になってスマホの画面をのぞきこみ――2人して同時に「えっ⁉」と戸《と》惑《まど》いに満ちた声を上げてしまった。

学校の噂話を書きこむ裏《うら》サイトの存在は聞いたことがあったけれど、まさか実際、目にする機会がこようとは思わなかった。その掲示板には、永和学園バスケ部の――というより、武内要に関する悪評《あくひょう》の数々が書かれていた。

曰《いわ》く、「武内要が日本に帰国したのは、ドラッグをやっていてロスの警察《けいさつ》に捕《つか》まったため、向こうにいられなくなったからだ」とか、「武内要は、複数《ふくすう》の女子と同時につき合っていて、その女子たちに点をつけ、ランキングにしている」など、読んでいて気持ちが悪くなるほど、悪意満載《あくいまんさい》の書きこみが並んでいる。

「あのね、悩み部に、ここに書かれている噂《うわさ》の真相を確かめてほしいの」

スマホの画面をもう一度ながめて、女子生徒が真剣《しんけん》な面持《おもも》ちで懇願《こんがん》してくる。しかし、「断るわ」というエリカの即答に、女子生徒だけでなく、美樹も思わず耳を疑《うたが》った。

「私たち、興信所《こうしんじょ》じゃないから！」と、素行調査《そこうちょうさ》のような内容の依頼には悪態《あくたい》をつくことの多いエリカだが、本当は正義感が人一倍強い。この依頼、絶対に引き受けると思ったのに……。

「『アメリカ帰り』の正体をつきとめるだけならまだしも、それが真実じゃなかったとしたら、どうなると思う？　私たちは今度、他人の悪口をネットに書きこむ、気持ちの悪い匿名《とくめい》の連中と戦わなきゃいけなくなるわ。そんなのゴメンよ。樽《たる》とか鬼道《きどう》にでも相談して、学校に対処《たいしょ》してもらえばいいじゃない」

単なる好奇心《こうきしん》で、身《み》の丈《たけ》に合わない事件に首をつっこむ、ということをしないだけの分別《ふんべつ》はつくようになってきたのかもしれない。しかし、「入部もしないクセに、汚《よご》れ仕事《しごと》ばかり持ってこないでよ！」と追い打ちをかけるエリカの言葉を聞いて、美樹は「単に機嫌《きげん》が悪かっただけ？」という疑いもぬぐいきれなかった。

女子生徒がガッカリして部室を去ろうとする。そのとき、部屋の隅《すみ》で落ち着いた男の声が上がった。

「藤堂エリカが断るのであれば、その悩み、俺が引き受けてやろう」

皆が一斉《いっせい》に声のした方向に目を向ける。そこには、いつもと同じ無表情の隆也が、メガネの奥に鋭い眼差《まなざ》しを光らせていた。

「武内要をめぐる噂の真相を調査した上で、奴《やつ》の本当の顔を報告してやろう」

「ちょっと、地蔵！　何、勝手なことを言ってるの⁉」

隆也の座る机《つくえ》をエリカがドンッと手でたたく。しかし、それしきのことに動揺《どうよう》し、前言《ぜんげん》を撤《てっ》回《かい》する彼ではなかった。

「事件が大きくなったとたん、何もアクションを起こすことなく、クライアントを門前払《もんぜんばら》いしていたら、俺たちの活動は、いつまで経っても、お遊びの同好会止まりだ。そんなつまらない部に入りたがる奴がいるか？」

「なんですって⁉」

隆也とエリカの間に、見えない火花が散る。

「ちょっと、２人とも！」

美樹が慌《あわ》てて間に入っても、両者とも一向に引こうとしない。やがて、ハラハラ見守る美樹の前で、エリカが怒りに震《ふる》える拳《こぶし》をグッと握《にぎ》りしめ、吐《は》き捨《す》てるような口調《くちょう》で言った。

「わかったわ。あなたがそこまで言うのなら、好きにしなさい！」

「ああ」

「エリカも！　隆也くんも！　２人とも、どうしたのよ⁉」

最近は、衝突《しょうとつ》も少なくなってきていたのに、まさかこんな些細《ささい》なことがきっかけで、内部分裂を引き起こしてしまうなんて！

美樹が仲裁《ちゅうさい》したところで、素直に言うことを聞く2人ではない。互いに背中を向けたまま、エリカは元々座っていたイスに戻り、隆也は無言で読書を再開する。その様子に、美樹は、部屋の入り口で気まずそうに立《た》ち尽《つ》くしている女子生徒と目を見合わせてしまった。

それから1週間後の放課後、体育館でバスケ部のマネージャーを決める選考会が開かれた。

「地蔵、あなた、あれからちゃんとアメリカ帰りの噂について調べたの？　いつも部室で本を読んでいるばかりで、何かしているようにも見えなかったけど」

自分はこの件から手を引くと決めていても、やはり結果が気になるのだろう。美樹と一緒に体育館へ来たエリカが、端《はし》のほうにたたずんでいる隆也に問いかける。

隆也は、美樹とエリカのほうをちらっと見て、つまらなそうに答えた。

「噂の真偽《しんぎ》はすべて確認した。答えは目の前にある通りだ」

「目の前って――えっ!?」

隆也が顔を向けた先に視線を重ねる。美樹とエリカは目を見張った。

「マネージャー志望は集まってくれ」というバスケ部部長のアナウンスを受けて、前に進み出た女子生徒の数は、たったの5人。要のプレイを見て、キャーキャーはしゃいでいた女子たちはいったいどこへ消えたのだろう？

もう選考会を開く理由もないように思われたが、部長は予定通りにことを進めるつもりらしい。問題の当人である要は、自分をめぐる女子たちの戦いに最初から気づいていなかったのだろうか。興味津々《きょうみしんしん》といった顔つきで、集まったマネージャー志望者たちの顔をながめている。

ほかの部員たちも結果が気になるらしく、練習の手を止めて選考会の見物をしていた。

そんな中、選考会の様子から目を離《はな》さぬまま、隆也が再び口を開いた。

「俺が調べた限りにおいて、武内要に関する噂はすべて真実だった。だからこそ、彼目当《めあ》てでマネージャーになろうとしていた者の大半は、この場に来ることをやめたのだろう」

「だからって、そんな……！」

エリカが途中で言葉を飲みこむ。ムッと口元を引き結んだ顔は、何に対してイラ立っているのだろう？　噂《うわさ》に踊《おど》らされた、主体性のない女の子たちに対してだろうか？　それとも、隆也の調査結果を信じたくない自分自身にだろうか？

「……美樹、今日はもう帰りましょう」

「う、うん」

抑揚《よくよう》のないエリカの声にうながされ、美樹は後ろを気にしつつ、体育館をあとにした。


その後、悩み解決部の部室に戻ってきたエリカは、ウェーブがかった長い髪をワシャワシャとかきむしって、深いため息をこぼした。

「地蔵は、アメリカ帰りの噂はすべて本当だったたって言うけど、じゃあ、結局ネットの掲示板に書きこみをした犯人は誰なのかしら？」

エリカのもっともな疑問《ぎもん》に、美樹は「うーん」と首をひねった。正直、ああいう不特定多数が使う掲示板へは、誰だって書きこみをすることができるようになっている。だとしたら、

「マネージャー志望の誰かが、ライバルにマネージャーをあきらめさせるためにやったのかな？　でも、噂が真実なら、その人自身は、武内くんのことをどう考えてるんだろう？」

「それに、地蔵はどうやって掲示板の噂が事実だと特定したの？　書きこんだ人のメアドが表

示されるわけじゃないし、地蔵に、そんなITスキルがあるとは思えないけど。あの人、デジタル機器はあまり好きじゃなさそうだから」

「それは……」

そういえば、隆也は調査の具体的な方法について話さなかった。彼はいったいどうやって、噂の真相を確かめたのだろう？

答えに迷った美樹が、もう一度掲示板の内容を確かめようと思って、机の上に置きっ放しにしていたスマホに手を伸ばした。次の瞬間、ドサッという大きな音とともに、美樹は声にならない悲鳴を上げて、その場にうずくまってしまった。

「美樹、どうしたの!?」

エリカが慌《あわ》てて駆《か》け寄《よ》ってくる。スマホを取ろうとした拍子《ひょうし》に、隣に置いてあった本が落ちて、美樹の足を直撃《ちょくげき》したのだ。その本のタイトルは『ステルスマーケティング入門』。隆也が最近、熱心に読んでいたもので、ページのあちこちに蛍光色《けいこうしょく》のポストイットが貼《は》られている。

「『ステルスマーケティング』って、何？　エリカ、知ってる？」

「マーケティング」とあるくらいだから、ビジネスに関連した何かなのだろう。ビジネス書をよく読むエリカなら、聞いたことがあるかもしれない。

「ステルスマーケティングというのは、消費者に、広告であることがわからないような形で、宣伝《せんでん》をすることよ。たとえば、有名人がブログで商品をほめて、口《くち》コミで広がっていくとか」

隆也が読んでいてもおかしくない本だな、と美樹が納得した。そのとき、エリカが悲鳴のような声を上げた。

「ちょっと、美樹！　ここを読んでみて！」

「え、何!?」

言われるがまま、差し出されたページに視線を落とす。そこに書かれていたのは、噂の伝播《でんぱ》過程《かてい》についての説明だった。噂は情報の錯綜《さくそう》している環境下で広まりやすいとか、悪意ある噂ほど人が口にし、早く広まるとかいったことが記されている。

もやもやとした違和感が、美樹の中ではっきりとした像を結びつつあった。そして、そのページの間に挟《はさ》んであった一枚のメモがパズルの最後のピースとなって、答えが見えた。そこにはネットの掲示板で見たものと同じ、要をめぐる噂が列挙《れっきょ》されていたのだ。

「ネットのあの噂って、地蔵が広めたものなんじゃないかしら?」

エリカがつぶやいた疑問に、美樹は心臓《しんぞう》が嫌《いや》な音を立てて大きく跳《は》ね上《あ》がるのを感じた。

「あの噂の出所が地蔵だとしたら、すべてに納得がいくわ。地蔵は、自分が調査を引き受けることで、ほかの人が調査しないように仕組んだのよ。当然、真相解明の調査なんてしていなかったんだわ！」

「待ってよ、エリカ！　隆也くんがあんな噂を流して得《とく》することなんて……」

「あるわ。あのアメリカ帰り、成績も優秀なのよ。英語だけだったら、地蔵よりもできるはずよ。入学以来、ずっと成績学年トップの地蔵が、プレッシャーを感じて、自分をおびやかす相手をおとしいれようとした可能性だってあるでしょ？」

「……………」

美樹は呆然《ぼうぜん》として、エリカを見つめた。隆也はそんなことをするような人間ではない。しかし、それはこれまでの話である。今までは、隆也よりも成績のよい生徒はいなかったが、そういう存在が現れたとき、彼がどう考え反応するか、美樹にはわからなかった。小学校からのつき合いのエリカと違い、これだけしょっちゅう一緒にいながら、彼について知っていることの少なさに気づいて、愕然《がくぜん》とする。

茜色《あかねいろ》に染《そ》まっていく室内に、なんとも気まずい沈黙《ちんもく》が落ちた。と、そのとき、部屋の扉が何の前触《まえぶ》れもなく開けられた。

「2人とも、俺のいないところで好《す》き放題《ほうだい》言ってくれているようだな」

「隆也くん!?」

マネージャーの選考会はもう終わったのだろうか。こんなときですら、表情を変えることなく、隆也が部屋に入ってくる。美樹が彼に向けて事情を説明しようとした、その矢先、怒った顔で近づいて行ったエリカが、その鼻先に、持っていた本をつきつけて言った。

「地蔵、最初にあなたに確かめておきたいことがあるわ。この本に書かれている内容を利用して、アメリカ帰りの噂を学園中に広めたのは、あなたなの?」

「……だとしたら、どうする?」

「今この場で、悩み解決部を退部してもらうわ。すぐに、この部屋から出ていって!」

「エリカ……!」

激高《げきこう》して怒鳴っているほうが、まだかわいげがある。冷たく切れ味の鋭《するど》い宣言に、美樹は胃《い》が痛くなるのを感じた。だけど、ひとたび本気になったエリカを止めることはできない。

「あなたがなぜこんなバカなことをしでかしたのか、理由は関係ないわ。あなたが、『成績トップ』の座《ざ》にどれだけのプレッシャーを感じていたかなんて、知ったことじゃない！　悩み解決部の部長として、私が言えることは一つだけよ。こんなふうに平気で他者をおとしめる人間に、他人の悩み解決を任せることなんてできない」

「…………」

隆也とエリカの2人は互《たが》いの目をにらんだまま、一歩も引こうとしない。

——こんなとき、自分はどうすればいいのだろう？

ビリビリとしびれるほどの緊張《きんちょう》を肌《はだ》で感じ、美樹が途方《とほう》に暮《く》れた。そのとき、パンパンッと手をたたく音が、凍《こお》りついた時間を打《う》ち壊《こわ》した。

驚《おどろ》いて部屋の入り口を振り返る。そこに立っていたのは問題の張本人《ちょうほんにん》——武内要だった。

「噂《うわさ》には聞いていたけど、エリカはやっぱりすごいな。さすが悩み部の部長だ。でもさ、これ以上、隆也のことをいじめないでやってよ。それに、俺の名前は、武内要。『カナメ』って呼び捨てにしてもいいけど、『アメリカ帰り』は、カンベンしてほしいな」

ひょうひょうと言う要を見て、エリカが眉《まゆ》をひそめる。

「どういう意味？　あなたは今回の被害者《ひがいしゃ》なのよ」

流言《りゅうげん》で被害を受けた人間が、加害者である隆也をかばうなんておかしい。いぶかるエリカを前にして、要はなぜか楽しそうにクスッと笑った。

「俺は隆也にとって、クライアントだよ。何を隠《かく》そう、俺の悪口《わるぐち》を学園中に広めてもらうよう隆也にお願いしたのは、俺自身なんだ」

「はっ⁉　何それ⁉」「隆也くん、どういうこと⁉」

目を見張るエリカと美樹の顔を交互にながめて、隆也が無表情な声で補足《ほそく》する。

「言っておくが、あの掲示板に書かれた文面だって、考えたのは武内要だからな。藤堂エリカ、お前が持っている、そのメモ書きをよく見てみろ。それは俺の字ではない。さらに言うなら、成績の順位に関するプレッシャーなんて、俺はみじんも感じたことはない」

「そうそう。それにもし隆也が引き受けなかったとしても、俺は同じことを自分でやってたよ」

「はいっ⁉」

突拍子《とっぴょうし》もない告白の数々に、美樹は頭がクラクラするのを感じた。見ると、エリカも目と口の両方をポカンと開けて立ち尽くしている。そんな自分たち2人の反応に満足したのか、要は整った顔に極上《ごくじょう》の笑《え》みを浮かべて説明を続けた。

「自分で言うのもなんだけど、俺の外見につられて寄《よ》ってくる子は、結構《けっこう》多いんだ。だけど、そんな理由でマネージャーに応募したところで、きっと長続きしない。そこで、隆也に噂を流す手伝いをしてもらいながら、俺の悪い噂を聞いたところで動じない、本当にバスケの好きな子を選ぶためにふるいにかけたってわけさ」

「あなたも地蔵もバカじゃないの!?」

エリカの怒鳴《どな》り声が部室を揺《ゆ》さぶる。だけど、今回は美樹も彼女を止める気にならなかった。

「あなたたちは、噂話の恐《こわ》さをわかってないわ！　ネットの掲示板に書きこみをするなんて、もってのほか！　あとになってから、『やっぱりあの噂は嘘《うそ》でしたって』ってカミングアウトしたところで、一度広まった噂を消すことは簡単じゃないのよ！」

「エリカの言う通りよ。それに下手《へた》な弁解は、かえってみんなを怒らせる結果になるわ」

美樹は心をこめて忠告したつもりだった。けれど、要の心には響《ひび》かなかったらしい。彼は困《こま》ったように肩をすくめて、口を開《ひら》いた。

「美樹とエリカのアドバイスはありがたく受け取っておくよ。だけど俺は、実際《じっさい》に俺と接して、ありのままの俺を見てくれた人が、俺のことをわかってくれていれば、それでいいんだ。見かけや噂だけで俺を判断する人が、何を思おうが言おうが知ったことじゃないね」

――あぁ、この人も、隆也やエリカと同じで「ゴーイング・マイ・ウェイ」だ。どうして頭のよい人には、こういうタイプが多いのだろう。ただやはり、要は日本人の感覚にはうといのかもしれない。美樹は余計なお世話かもしれないと思いつつも、要のためにアドバイスした。

「要くんの言いたいことはわかったわ。だけど、これからもバスケ部でやっていくつもりなら、少しは誤解《ごかい》を解《と》く努力をしたほうがいいわよ」

「美樹はやさしいね。忠告をありがとう。でも、俺は大丈夫《だいじょうぶ》だよ」

「何が大丈夫なのよ！　美樹が親切で言ってんだから、ちゃんと聞きなさいよ!!」

「えー？　だって俺、さっき正式にバスケ部への入部を取りやめてきたからさ」

「だから、少しは人の言うことを――って、え？　入部取りやめ？」

要の爆弾発言《ばくだんはつげん》に、今度はエリカばかりか、一歩離れたところからことのなりゆきを見守っていた隆也までもが「おや」と片眉《かたまゆ》を上げる。

「なんで入部をやめるの？　マネージャーの選考会に来た女子生徒は、あなたの外見目当ての人じゃないわけでしょ？　だったら、問題ないじゃない」

エリカに問いつめられ、要は「いやぁ、それがさ」と、少しだけ気まずそうに頰《ほほ》を指でかきながら答えた。

「実は俺自身もね、亮平に悩み相談をされていたんだよ」

「亮平？　って、バスケ部のクロスケのこと？　相談って何を？」

「マネージャー志望の女子を集めるために、何かいいアイデアを出してほしいって。亮平は、『バスケ部の練習や試合さえ見てもらえれば、絶対みんなバスケを好きになるはずだ』って言うし、実際マネージャーの選考会に残ったのは、悪い噂のつきまとう俺じゃなくて、心からバスケに興味のある子たちだった。というわけで、亮平の悩みは、無事解決できたんだ。これでもう俺がバスケ部に残る必要もないでしょ」

要が笑顔で言葉を締《し》めくくる。

彼は、決して、皆が思うような爽《さわ》やかで明るいだけの人間ではない。心のどこかに「黒い」部分があるのは間違いなかった。ただし、その黒は、「闇《やみ》」ではない。いろいろな色をまぜ合わせた結果の「黒」なのかもしれないと、美樹は思った。

［スケッチ］

スピード出世《しゅっせ》

その会社には、「七《しち》さん」のあだ名で呼ばれている男がいた。

その会社は、女性の靴《くつ》を主な商品として扱っている。町の靴屋さんであった先代《せんだい》社長が、戦後、女性の職場進出に伴い、美しくて歩きやすいハイヒールのシリーズ展開《てんかい》を行ったところ、これが空前《くうぜん》の大ヒットを飛ばした。そして現社長に代替《だいが》わりした今では、制作部門《せいさくぶもん》も含めて、全国に１０００人近い社員を抱《かか》えている。

女性をメインターゲットにしているため、社内では当然のように女性の割合《わりあい》が高く、また、男性社員にも、身なりに気を遣《つか》う、いわゆる「オシャレ」が多い。その中にあって、「七さん」は、あらゆる意味で異彩《いさい》を放《はな》つ存在だった。

彼は都会生まれで都会育ちの20代後半の青年で、服装《ふくそう》もこざっぱりとしたものを心がけているようなのに、髪型《かみがた》だけはまるで戦後復興期《せんごふっこうき》のサラリーマンのよう。真《ま》っ黒《くろ》な髪を左に七、右に三の割合できっちり分け、風が吹こうと、土砂降《どしゃぶ》りの雨が降ろうと、その比率《ひりつ》が変わらないように、テカテカ光るポマードで髪全体を固《かた》めている。つまり、「七三分《しちさんわ》け」なのである。七さんは、中途入社《ちゅうとにゅうしゃ》でこの会社に入った。「七さん」というあだ名も、入社当時、名前も覚えてもらえず、その風貌《ふうぼう》から「七《しち》・三《さん》（分《わ》け）」と呼《よ》び捨《す》てにされたことに由来《ゆらい》する。

オシャレな靴メーカーという職場において、あまりにも浮いている彼の存在は、煙《けむ》たがられるというより、かえってみんなの興味《きょうみ》を引いた。そして、時代遅《じだいおく》れのその風貌からは誰も想像できなかったことだが、七さんはセンスもあり、仕事もできた。

入社当初こそ、新人らしく店頭での接客を担当していたが、いつの間にか主任《しゅにん》になり、1年後にはなんと課長《かちょう》にまで昇進した。その頃《ころ》から、彼の呼び名が、「七・三（分け）」から「七さん」と、やや敬意《けいい》あるものに変わった。音が同じだったことが、スムーズな変化を可能にしたのだろう。

七さんは、その後もトントン拍子《びょうし》に出世していった。先輩《せんぱい》社員を追《お》い抜《ぬ》いて出世することもあったが、彼が恨《うら》まれたり、ねたまれたりすることはなかった。なぜなら、仕事もでき、出世しているのに、それを鼻にかけたり、自慢《じまん》したりすることがまったくなかったからだ。それどころか、部下のチャレンジを温かく見守り、必要があれば社長に対しても、物おじすることなく強気の交渉をしてくれた。時には、部下のチャレンジが失敗することもあったけれど、七さんはその責任《せきにん》をすべて自分が負《お》い、部下を責《せ》めることはなかった。

一度、若い部下の一人が、「なぜ、七さんは、そんなにカッコよくいられるんですか？」と聞いたことがあった。

「カッコいいって、この髪型のことじゃないよな？」と、笑いながら、七さんは答えた。

「俺《おれ》も昔《むかし》、いろいろな夢《ゆめ》があったんだけど、それをあきらめなくてはいけなかったんだ。だから、若者の夢を応援《おうえん》したいだけだよ」

まだ昔を懐《なつ》かしむような年齢《ねんれい》ではない七さんが、今度は目に強い光を宿しながら言った。

「俺は、もしこの会社で自分の存在価値を見つけられないとしたら、明日《あす》にでも会社を辞《や》めていいと思っているんだ……」

その七さんの男前《おとこまえ》エピソードは、またたく間《ま》に社内に広まった。結果、七さんの率《ひき》いるチームは結束《けっそく》を強め、皆が「七さんのために頑張《がんば》ろう」という気持ちになり、おのずとチームの業績、そして会社の業績をも飛躍《ひやく》的に伸ばすことになった。七さんは入社してから3年目に、ついに部長《ぶちょう》の地位についていた。

七さんが部長になった年の秋、一人の取締役《とりしまりやく》が病気を理由に退任《たいにん》することになった。

次は誰《だれ》が取締役になるのか。会社の皆が噂《うわさ》している午後のこと。七さんは、社長室の扉《とびら》をノックしていた。

「入りたまえ」

中から返ってきた重厚感《じゅうこうかん》あふれるテノールの声にうながされ、扉を開ける。その先には、黒髪に白いものの混ざり始めた中年の男がいた。黒い革張《かわば》りのイスにどっしり腰掛《こしか》け、黒檀《こくたん》でできた執務机《しつむづくえ》の上で、大きな手を組んでいる。彼は、靴屋KAWASAKI《カワサキ》の2代目社長、川崎優一《かわさきゆういち》である。

七さんが後ろ手に扉を閉めたのを見て、優一は重々《おもおも》しく告げた。

「今度の株主総会《かぶぬしそうかい》で承認《しょうにん》されればだが、お前には取締役になってもらおうと思う」

「そうですか」

七さんが無表情《むひょうじょう》で答える。そこには、感謝《かんしゃ》も感動も感じられない。その乾《かわ》いた言葉に、優一のこめかみがピクピクと引きつった。

「お前は昇進が嬉《うれ》しくないのか!?　私の一存《いちぞん》で、せっかくここまで引き立ててやっているというのに、礼の言葉もないのか!!」

ほかの社員であれば、思わず背筋《せすじ》を正して平謝《ひらあやま》りをしてしまうほど大きな雷《かみなり》が落ちる。だけど、七さんは表情一つ動かすことなく、真顔《まがお》で優一に告げた。

「私《わたし》の出世が、あなたの引き立てのおかげですって?　まぁ、いいでしょう。お礼を言うのなんて、タダでできますから。ありがとうございます……お義父《とう》さん」

「誰がお前のお義父さんだ!?　優奈《ゆうな》はまだ嫁にやらんぞ!　結婚《けっこん》は、もっと仕事ができるようになってからだ!!」

いきり立つ優一の前で、七さんは「またか」とこみ上げてきたため息《いき》を飲みこんだ。その、「やれやれ」という表情を見て、優一の怒りはさらに増幅《ぞうふく》した。

「そもそも何だ、その髪型は!?　お前は今度、取締役になるんだぞ!?　いい加減、そのふざけた髪型はやめろ!」

「でも、この会社に入らされたとき、ヴィジュアル系以外のヘアスタイルなら何でもいいとおっしゃったのはお義父さんですよね？　この髪型、何か問題がありますか？」

「ぐっ……！」

社長である川崎優一をやりこめた七さんは、しかし心の中では、「もうたくさんだ」と思っていた。七さんの本名は、笹塚賢治《ささづかけんじ》。3年前までアルバイトをしながら、ヴィジュアル系ロックバンドのボーカルを務めていた。

しかし、彼女である優奈の父親――それが目の前の優一である――に、「フリーターのままでは、絶対に結婚を許《ゆる》さない」と言われ、仕方《しかた》なく、彼が経営している会社に就職したのだ。「結婚を認めてほしかったら、実力を示してみろ」とも言われた。

自分で会社を辞めることはできないが、クビになってしまったらしょうがない。優奈に対しても、それなら言い訳《いわけ》ができる。そう考えると、賢治には恐いものなどなかった。

しかし、口では厳《きび》しいことを言いつつも、娘《むすめ》を溺愛《できあい》する父親としての優一は、――賢治が娘の婚約者《こんやくしゃ》だとは誰にも明かしていないにもかかわらず――娘の婚約者が平社員《ひらしゃいん》だとカッコがつかないと思ったのか、どんどん賢治を出世させていく。

賢治も、優奈との結婚を認めてもらえるように、大好きだった金髪《きんぱつ》を黒く染《そ》め直し、得意《とくい》のメイクもやめた。でも、すべて優一の言いなりになるのは悔《くや》しくて、髪型だけは自分で選んだ。優一が見るたびに思わず頭を抱えるこの七三分けは、彼に対する賢治なりのささやかな抵抗《ていこう》だった。

頭《ず》脳《のう》開《かい》発《はつ》ノート

エリカが無表情《むひょうじょう》な隆也《たかや》を、射殺《いころ》すような鋭《するど》い視線《しせん》でにらみつけている。その日、悩《なや》み解決部《かいけつぶ》の部室《ぶしつ》は、いつも以上の緊張感《きんちょうかん》に包《つつ》まれていた。

今、部屋《へや》にいるのは、美樹《みき》たち悩み解決部の３人ともう１人、帰国子女《きこくしじょ》の武内要《たけうちかなめ》だった。

この前、バスケ部の「マネージャー問題」を解決《かいけつ》した縁《えん》で、要は暇《ひま》なときに、こうして悩み解決部の部室に顔を出すようになっていた。ただし、彼は何らかの恩義《おんぎ》を感じて悩み解決部に近づいているわけではない。結局、「マネージャー問題」は、要自身《じしん》のアイデアで、彼自身の名誉《めいよ》を犠牲《ぎせい》にして解決された。どちらかというと、悩み解決部は、要に踊《おど》らされたようなものだった。

なら、要はどうして悩み解決部の部室に入りびたっているのか？　前に、美樹が不思議に思って尋《たず》ねたところ、要は笑いながら答えた。「悩み部って、なんか居心地《いごこち》がいいんだよね」と。

無表情で会話も弾《はず》まない隆也と、女王様のように部室に君臨《くんりん》するエリカの2人と同じ空間にいて、「居心地がいい」なんて、要はどこかが壊《こわ》れているのかもしれない。美樹は本気で要の精神構造を心配した。

だけど、見方を変えれば、これは部員獲得のチャンスかもしれない。美樹はそう思ったのだが、これだけずっと一緒にいても、エリカが要を悩み解決部に誘《さそ》うことはなかった。それはきっと、まだ要に対して、油断《ゆだん》できない思いがあるためだろう。

しかし、いずれにせよ、今、部屋を満たしているこの緊張感は、そういったこととはまったく関係ない。

隆也の手元《てもと》に置《お》かれた10枚近いトランプと、同じく要が持っているトランプの山を確認して、エリカが重々《おもおも》しい声で告《つ》げた。

「次は私の番ね。この神経衰弱《しんけいすいじゃく》での勝利者は私に決まったわ。もう、あなたたちのターンはないから、そこでおとなしく見てなさい」

エリカが呼吸《こきゅう》を正し、神妙《しんみょう》な面持《おもも》ちで、机の上に並べられたトランプに手を伸《の》ばす。

負けず嫌いで子どもっぽいエリカの仕草が妙におかしくて美樹《みき》はこみ上げてきた笑《わら》いを必死

でこらえた。

平和な光景《こうけい》だ。

「悩み解決」をして誰《だれ》かの役に立つこともいいけれど、こうして穏《おだ》やかな時を、みんなとまったりと過《す》ごすのも楽しい。しかし、美樹がそう思った3秒後、そのささやかな夢《ゆめ》は粉々《こなごな》に打《う》ちくだかれた。部室の扉が急にダンダンダンダンと勢いよく連打《れんだ》されたのだ。木製の扉が今にも割《わ》れてしまいそうなほど強い音であったが、これもやはり、来訪者《らいほうしゃ》のノックに入るのだろう。

「もう、うるさいわね！　ノックは2回で十分よ！」

逆転勝利を目前に、おあずけを食らったエリカがブスッと頬《ほお》をふくらませ、トランプをその場に放《ほう》りだして、ドアに駆《か》け寄《よ》る。

「誰《だれ》？　何か悩みの相談——っ!?」

ケンカ腰《ごし》に問うたエリカの言葉はしかし、途中《とちゅう》で音を失って霧散《むさん》した。彼女の肩越《かたご》しに様子をながめていた美樹もまた、絶句《ぜっく》して、目を丸くする。

さっきまで扉のあった空間を埋《う》め尽《つ》くすような巨漢《きょかん》が、そこに立っていた。時代遅れな角刈《かくが》り頭《あたま》のせいで老《ふ》けて見えるけれど、実際にはまだ美樹たちと同じ10代の後半。2年になってから、隣《となり》のクラスとの合同授業で、何度か見かけたことがある。彼は柔道部《じゅうどうぶ》の大俵豪《おおたわらごう》だった。

彼は室内に入ってくると、トランプを囲む悩み解決部の面々《めんめん》を見回し、思いつめたような表情で懇願《こんがん》した。

「悩み部のみんなにお願いがある。どうか、どうか——俺《おれ》の頭を良くしてくれ！　俺を賢《かしこ》くしてほしいんだ！　それもできるだけ早く!!」

「……はぁっ!?」

「試験を突破《とっぱ》するコツを教えてくれ」とか、「宿題を代わりに終わらせてくれ」とかいう依頼《いらい》は、これまでに何度かあった。だけど、「賢くしてくれ」という根本的な依頼ははじめてだ。

予想もしなかったお願いに、美樹とエリカは顔を見合わせた。しかし、そこからの豪の動きは早かった。ガバッと床《ゆか》に膝《ひざ》をつくと、その場で深く土下座《どげざ》をした。

「この通り、お願いだ！」

さすが柔道部、床に背中《せなか》がつくことは許されなくても、手をつくことにためらいはない。

そのあと、床にひっついて離《はな》れない豪をなだめすかし、やっとの思いで立ち上がらせた美樹たちは、事情を聞き出すことに成功した。

豪の話を要約すると、こうだ。彼は、永和学園《えいわがくえん》に入学してから柔道一筋《ひとすじ》に打ちこみ、柔道の個人戦では優秀な成績を収《おさ》めてきた。しかし、それに反比例《はんぴれい》するように、試験の成績は下降線《かこうせん》の一途《いっと》をたどってきた。

「これが、この間の実力試験の結果だ」

そう言って、豪がうつむきがちに制服のポケットから取り出したのは、主要科目の点数が並んだ成績結果だった。受け取ったエリカと、隣《となり》に寄ってきた要の2人が「うわぁ……」とうめいて、顔を引きつらせる。

「あなた、この成績でよく2年生に進級できたわねぇ……」

もはや感心する以外に道がなかったのか、エリカがしみじみとつぶやく。

「ははは……恥《は》ずかしい話だが、聞いてくれ。うちの柔道部は、今はお世辞《せじ》にも強いとは言えないが、今年は才能のある1年生が2人も入ったんだ。俺も加えて3人が勝てば、うちの部は今年初めて、団体戦で初戦を突破できるかもしれない。しかし、これから中間試験までの間に実施《じっし》される小テストで落第点《らくだいてん》を5回以上取ったら、俺は柔道部の対外試合には出場できないことになってしまった。俺がいなければ、団体戦を勝《か》ち抜《ぬ》くのは絶対に無理だ。俺がふがいないばかりに、団体戦で負けてしまったら……！」

「だったら、相談なんかしていないで、とっとと家に帰って勉強でもすればいいじゃない」

「えっ……」

情《なさ》け容赦《ようしゃ》ないエリカの発言に、豪の動きがピシッと固まる。

エリカは苦虫《にがむし》をかみつぶしたような表情で、額《ひたい》を手で押さえながら、ゆっくりと首を横に振《ふ》って続けた。

「あなたが私たちに何を期待しているのか、わからないけれど、急に頭が良くなるなんて、そんな虫のいい話、あるはずないでしょ？　コツコツ重ねた努力ほど、確かなものはないのよ？　柔道をやっているなら、それくらいのことわかるでしょ。勉強も柔道も同じなのよ」

エリカの発言に、美樹は素直《すなお》に感心した。エリカが、こんな正論《せいろん》を言うなんて……。しかし、その正論は、彼女の圧倒的《あっとうてき》な努力に裏打《うらう》ちされたものであることを、美樹は知っている。

エリカは、環境《かんきょう》も容姿《ようし》も、すべてにおいて恵まれているのに、自分を磨《みが》く努力を怠《おこた》らない。

隆也がいて、若干《じゃっかん》、目立たなくなってしまったが、この永和学園で学年2位の成績をキープする努力は並大抵《なみたいてい》のものではないだろう。

だけど、豪は、当然ながら、エリカの陰《かげ》の努力を知らない。

「藤堂《とうどう》、何を言っているんだ。『努力すれば結果がついてくる』なんて、当たり前のことじゃないか。俺は、勉強で、その努力をしたくないから、こうして相談に来てるんだ。正直言うと、勉強にあてる時間を１秒でも減らして、ギリギリでもいいから及第《きゅうだい》点を取りたい」

ここまでの「努力したくない宣言」は、かえって潔《いさぎよ》いかもしれない。しかし……。

「あ、誤解《ごかい》するなよ。俺は、ただ怠《なま》けたいわけじゃないからな。勉強をする時間があるなら、そのほんのわずかな時間も、柔道の練習にあてたいんだ。今、柔道部は正念場にいる。俺が今、勉強なんかにうつつを抜《ぬ》かしている余裕はないんだ」

「勉強にうつつを抜かしている」という表現を、美樹は初めて聞いた。けれど、豪のその言葉で、美樹は、常日頃《つねひごろ》から抱《かか》えていた一つの疑問に答えを出すことができた。

永和学園は、有名大学に多数の進学者を出す、トップクラスの進学校だ。その進学校に入学できたのだから、生徒は皆《みな》、それなりの頭脳はもっているはずである。かくいう美樹自身も、中学生の頃は、校内でトップクラスの成績だった。でも、隣《となり》にエリカがいたおかげで、悪く言えば自分を平凡《へいぼん》だと思い、よく言えば天狗《てんぐ》にならずにすんだ。

ではなぜ、豪や、クロスケこと黒田亮平《くろだりょうへい》のような、あまり成績のよくない生徒が現れるのだろうか？　以前、そういう疑問を口にしたとき、エリカは、「パレートの法則《ほうそく》よ」と答えた。

「別名、『働《はたら》きアリの法則』っていうの。アリって働き者のイメージがあるけど、それは全体の8割だけで、残りの2割は働きもしないで、怠けてばかりいるんですって」

「え？　それじゃあ、その怠け者を排除《はいじょ》して、働き者だけを集めたら、どうなるの？」

「やっぱり働くのは全体の8割だけで、残りの2割は働かなくなるそうよ。働くアリだけを集めたら、怠けるアリが出てくるし、逆《ぎゃく》に怠けるアリだけを集めたら、働くアリが出てくる……。組織づくりって難しいわね。うちの部なんか、2割どころか、3分の1が本ばかり読んでいて、全然部員集めをしようとしないものね！」

エリカが、窓際《まどぎわ》で本を読んでいる隆也に聞こえるような大きな声で嫌《いや》みを言う。もっとも、隆也が聞いているかは別問題だったけれど……。

今は、エリカの言った「働きアリの法則」は、必ずしも正しくないと思っている。

豪や亮平は高校に入って、柔道やバスケのように、「勉強よりも情熱をかけられるもの」を見つけた、ということなのだろう。それによって勉強の成績が下がることなんて、彼らにとっては、まったく気にするべきことではないのだ。

そう思うと、情熱を傾《かたむ》けるものを見つけたわけでもなく、勉強の成績もそこそこ、という自分のほうこそ、負け組のように思えて、美樹はなんだか情けない気持ちになってきた。

「何かを選べば何かを失うというのが、この世の理《ことわり》よ。みんな、そういう中で柔道の試合に出てるんだから、あなただけ、何も失いたくない、というのはヒキョーなんじゃない？」

エリカは腕を組み、眉間《みけん》にシワを寄せながら豪を見上げている。忌々《いまいま》しいという感情を体現したかのような姿《すがた》に、豪の頰を一筋《ひとすじ》の汗《あせ》が流れ落ちた。そのときだった。

「大俵豪、お前は部室の扉を４回ノックした。明日まで待てるなら、俺が力を貸《か》してやろう」

「地蔵!?」

横から割りこんできた声に、慌《あわ》てて視線を向ける。

神経衰弱の勝負を放置されたままで飽《あ》きてしまったのか。何十枚もトランプが並ぶ机の前で、読書を再開していた隆也が本から顔を上げ、こちらを見ていた。

「あなた、何言ってんの!?　何で扉を４回ノックしたら、手を貸さなきゃいけないのよ!?」

「藤堂エリカ、お前はさっき、『ノックは2回で十分』と言った。しかし、ビジネスなど、正式な場でのノックの回数は、4回と決まっている。2回のノックは、トイレのノックだ。ビジネスの世界で生きようとしているお前が、そんなことも知らないはずないと思うが」

「……っ！」

エリカが、隆也を怒りの表情で見つめる。神経衰弱をしていたときの顔が、まだ遊びだったことを知らされるような、恐い表情だった。

ここはやっぱり、自分が間に入って止めたほうがいいだろうか？　そう思った美樹が口を開きかけた、そのとき、緊張で張りつめた空気をなごますように、もっとも緊張感のない声が割って入ってきた。

「ビジネスの場でのノックは4回か……それはわかったけど、どうしてそれが依頼を引き受けることにつながるのさ？」

声の主は要だった。こんな時でもニコニコ笑みを絶やさぬ彼の顔を無感動にながめて、隆也は答えた。

「正式なノックの回数が4回というのは、ベートーヴェンの『交響曲《こうきょうきょく》第5番』の冒頭《ぼうとう》に由来《ゆらい》している」

「あの有名な、『ダダダダーン』という部分？」

「そうだ。その冒頭４つの音をベートーヴェンは、『運命は、このように扉を開く』と説明している。大俵豪、お前は運命の扉を開いた。俺たちも、それに応《こた》えよう」

「ふーん……隆也、そなた、『月《つき》の光《ひかり》』のようにクールな男だと思っていたけど、意外と『熱《ねつ》情《じょう》』的なところもあるんだね」

要が、少しからかうような口調で言って笑う。それが、ベートーヴェンの作品にかけたダジャレであることは、美樹にもわかった。面白くはなかったが。

「地蔵《じぞう》、本当か!?　本当に俺を助けてくれるのか!?」

地獄《じごく》に仏《ほとけ》――というか地蔵とは、まさにこのこと。そんなシャレにかまっていられない豪が、隆也の前にある机にダンッと勢いよく手をついて叫《さけ》ぶ。すがりつくような目を向けられ、隆也は少しだけ面倒《めんどう》くさそうな顔で「ああ」とうなずいた。

「明日もう一度この部屋に来い。そうすれば、俺が特別な勉強法を伝授してやる」

「ありがとう、地蔵！　恩《おん》に着る！」

今にも小躍《こおど》りしそうな雰囲気《ふんいき》で、顔を輝《かがや》かせた豪が部屋を出て行く。

その後《うし》ろ姿《すがた》をエリカは渋《しぶ》い表情で、そして要は「お手並《てな》み拝見《はいけん》」といった様子で、腕を組んで見守っていた。


次の日の放課後、豪は約束通り、悩み解決部の部室にやってきた。

「地蔵、来たぞ。早く特別な勉強法を教えてくれ！　本当にすぐに効果が出るんだろうな？」

地道に勉強を教えられるなんてお断《ことわ》りだぞ、とでも言うように、「すぐに効果」のところをことさら強調して言う。

隆也は、その発言をさえぎるように、豪の眼前《がんぜん》に1冊《さつ》のノートをつきつけた。授業などでよく使うキャンパスノートで、その表紙にはご丁寧《ていねい》にもマジックで「頭脳開発ノート」と大きく記されている。

「地蔵、これは何だ？」

「中を見てみろ」

いつでもどこでも抑揚《よくよう》のない声でうながされ、豪がためらいがちにページをめくる。

彼の手伝いをする気はなくても、ノートの中身は気になるのか、エリカが後ろからチラチラと手元をのぞいた。次の瞬間、エリカと豪2人の顔に、そろって盛大なクエスチョン・マークが浮かぶ光景を美樹は見た気がした。

「何これ……地蔵、超能力ごっこでも始めるつもり？」

エリカのあきれを含んだつぶやきは、そのまま美樹の疑問でもあった。

見れば見るほど、意味がわからない。「頭脳開発ノート」と題されたノートの各ページには、星やら三角やら、はたまたどこかの紋章《もんしょう》のようにこった作りの図形が位置を変え、大きさを変え、最初から最後のページまでみっちり描かれていたのだ。ただし、一見同じように思えても、まったく同じデザインのページは1枚もない。

たしかにエリカの言う通り、テレビの「超能力」番組で、「透視《とうし》」の能力を試すときに使うカードに描かれた模様《もよう》に似ている気がしなくもなかった。

「それは俺が中学生の頃から、トレーニングの一環《いっかん》として使っているノートだ」

「トレーニング？　って、速読か何かのか？」

首をかしげる豪を見て、隆也がその手からノートを取り上げた。戸惑《とまど》う彼の前で、最初のページを広げて言う。

「いいか、大俵豪。このノートに描かれた図形を、最初は1ページに1分くらいずつかけて凝視《ぎょうし》し、内容を頭にたたきこめ。慣《な》れてきたら、同じ作業を1ページにつき5秒程度で行うんだ。そうしていれば、2週間経《た》った頃には劇《げき》的な効果が現れる」

「なるほど。このノートで、俺の記憶力が向上し、テストの成績も上がるというわけか。お前がずっと成績学年トップでいられるのも、このノートのおかげなんだな。ありがとう！　やっぱり、『運命の扉』をたたいてみるもんだな」

満面《まんめん》の笑みで礼を言った豪が、ほくほくとした様子でノートをつかんで、部屋を出て行く。

そんな豪の後ろ姿と、無言でたたずむ隆也の顔を、エリカは複雑な表情で見比べていた。


それからきっちり2週間が過ぎた日の放課後。

今日もまた遊びに来た要が、トランプで、何が楽しいのかさっぱりわからない一人《ひとり》神経衰弱を始めている。

今日は悩み相談をしてくる人もいないし、このままのんびりしているうちに、最終下校の時間になるだろう。

「私はもうお腹《なか》いっぱい食べたから、残《のこ》りは美樹にあげるわ」

「残りって……エリカ、ポテトチップス、あと１枚《まい》しかないわよ。そんなえらそうに言われても……」

「あら？　最後の１枚を譲《ゆず》れるかどうかで、その人の器《うつわ》が決まるんじゃない」

「うーん……そうなの、かなぁ？　じゃあ、せっかくだから」

腑《ふ》に落ちないもの感じつつも、美樹がありがたく残りのポテトチップスに手を伸ばした。そのとき、ダンダンダンダンと扉をたたき割るような音が部屋に響《ひび》いて、美樹はイスから飛び上がりそうになった。

「な、何!?」

しかし、ノックが４回だったことから、その来訪者が誰かは、皆うすうす気づいていた。

エリカがとっさに席を立つ。彼女がドアノブに手をかけた次の瞬間、扉を開けた彼女と一緒になって、美樹はイスの上でのけぞりそうになった。

「おい、地蔵！　これはいったいどういうことだ!?」

今にも頭から湯気《ゆげ》を出しそうなほど、顔を真《ま》っ赤《か》にして怒鳴《どな》った豪が、ズカズカと大またで部屋の中に入ってくる。彼は口の端を不機嫌《ふきげん》そうに大きく曲《ま》げたまま、隆也の鼻先に、カバンから取り出した3枚の紙をつきつけた。

窓から吹《ふ》きこんできた風を受け、A4サイズの紙がヒラヒラとはためく。美樹の目に映ったその残像は、赤のバツ印が多数を占めていた。

「3枚とも、見事なまでの落第点ね。なかなか拝《おが》めるものじゃないわ」

「エリカ！」

エリカの発言が、火に油を注《そそ》ぐ結果になるのではないかと美樹は心配したけれど、今の豪にはそんなことにかまっている余裕もなかったらしい。

彼は赤点3枚組をカバンにしまうと、代わりに取り出したノートを、隆也の目の前にある机の上にたたきつけて叫《さけ》んだ。

「お前が俺に貸してくれた、この『頭脳開発ノート』って、真っ赤なニセ物だろ!?　毎日、お前に言われた通り、ノートを使ってみたけれど、俺の頭はちっともよくならなかった！　というか、それ以前に、このマーク！」

豪が、広げたページの一角を人差し指で連打する。そこには獅子《しし》の横顔と剣《つるぎ》を組み合わせた、ヨーロッパの王室でよく見かけるような紋章《もんしょう》が描かれていた。

「あれ？　その紋章ってたしか――」

近づいてきた要が横からノートをのぞきこむ。その発言にかぶせるようにして、豪が大きくうなずいた。

「そう、地蔵はこのノートを中学生の頃から使ってたって言ったけど、そんなはずない。この紋章は、先月から連載《れんさい》が始まった漫画《まんが》に出てくる紋章なんだよ！　そんなものを、地蔵が中学生のときに知っているはずねぇだろ！」

よほど頭にきていたのか、豪の絶叫《ぜっきょう》は部室全体を震《ふる》わせた。エリカが「うわ、バカ声」と、即席《そくせき》の造語《ぞうご》で文句《もんく》を言い、美樹も思わず耳を手でふさいだ。

「地蔵、言《い》い訳《わけ》があるなら言ってみろ」

まるで悪人を問《と》い詰《つ》める、遠山《とおやま》の金《きん》さんのような口調で告げて、豪が机の上に身を乗り出す。

こう言っては悪いかもしれないけど、これはどう見ても隆也に非《ひ》がある。豪の依頼に対してちゃんとした解決策を提示できないのなら、最初から依頼を引き受けなければいいだけの話だ。

それなのに、なぜ、すぐにバレるとわかっていて、『頭脳開発ノート』なんてうさんくさいものを渡したのだろう。

美樹たち全員の視線が隆也に注がれる。重苦しいほどの緊張が部屋を満たす中、彼は得意の無表情で、パチパチと乾いた拍手をした。

「よかったな、大俵豪。この2週間で、お前は無事、頭脳開発に成功したようだ」

「はぁっ!?」

意味不明な発言に、豪が怒りを忘れてすっとんきょうな声を上げる。隆也は気にすることなく、豪の手元にあるノートを指さし、淡々《たんたん》とした口調で続けた。

「いいか、大俵豪? 2週間前にこのノートを渡されたとき、お前は、こんなうさんくさいノートの効果を少しも疑《うたが》うことなく信じてしまった。しかし、2週間経った今、お前はこのノートがニセ物だということに気づいている。お前は、2週間前よりも確実に賢くなったんだ」

「…………」

なんと反応したらいいいか、わからない。あっけにとられている一同を見回し、隆也は一呼吸置いてから、感情を伴わない声で告げた。

「これからの人生においても、お前が困《こま》ったり弱ったりしたスキをついて、いろいろな怪《あや》しい人間が近づいてくるはずだ。大俵豪、お前の今回の経験は、今後のお前の人生で必ず役に立つことだろう」

「地蔵、お前……」

額《ひたい》を手で覆《おお》い、うめく豪を無視して、隆也はさらにたたみかけるように続けた。

「俺は、この2週間、柔道部の練習をよく見に行った。賢くなったお前なら、もうわかっているはずだ。柔道部のお前以外の部員も、お前と同じくらい練習に情熱を注いでいることを。練習不足でお前が負けたとしても、ほかの誰かが勝つと、お前は信じられないのか?」

「それは……」

豪が言葉につまる。しかし、その顔からは、少なくとも、「怒り」の感情は消えていた。

「主将のお前が、落第点を取って対外試合に出られなくなっても問題ないんだ。リーダーがいなくなっても、その組織には、新しいリーダーが現れる。それを『働きアリの法則』と呼ぶんだそうだ」

最後にそう言うと、隆也はエリカのほうを見て、少しだけ口の端をつり上げた。

［スケッチ］

鬼《き》道《どう》の花《はな》道《みち》

「鬼《き》道《どう》先生、おめでとうございます！」

パチパチと鳴《な》り響《ひび》く拍《はく》手《しゅ》の音が、放課後の職員室を満たす。皆の前に進み出た鬼道崇《たかし》に、永《えい》和《わ》学《がく》園《えん》の教師一同を代表して、飯《いい》田《だ》直《なお》子《こ》が両手で抱《かか》えるほど大きな花《はな》束《たば》を渡《わた》した。

まるで蝶々《ちょうちょう》のようなパステルカラーの花びらは、ほのかに甘い香《かお》りを放っている。その匂《にお》いを胸《むね》一《いっ》杯《ぱい》に吸いこんだ鬼道は、鬼《おに》瓦《がわら》と称される四角四面のごつい顔に似合わず、嬉《うれ》しさに頬《ほお》がゆるむのを感じた。

自分には、花の名前なんてわからない。この花束を持ち帰ったところで、家族が去り暗くなった部屋が明るくなるわけではない。だけど、この花束は、教育者である自分に与えられた勲《くん》章《しょう》である。素直にとても嬉しかった。

生徒たちからは暴《ぼう》君《くん》のように恐《おそ》れられている鬼道だが、常に学生たちの目を時事ニュースに向けさせる小論文の指導法《しどうほう》が評価され、国語の指導法研究会から表彰《ひょうしょう》されることになった。そのことを祝し、永和学園からも、こうして花束をもらったのだ。

ぼんやり花をながめている鬼道の前に、白髪交《しらがま》じりの髪《かみ》を結《ゆ》い上《あ》げた女性が進み出た。くるぶしまである濃紺《のうこん》のワンピースを身にまとい、まるで一人だけヴィクトリア朝《ちょう》時代のイギリスからタイムトリップしてきたかのような、上品で温厚《おんこう》な顔つきをしている。彼女はこの永和学園のトップ――学園長を務める、朝倉《あさくら》ひなただった。

「おめでとうございます、鬼道先生。よかったですね。あなたの厳しさが生徒への愛情の証《あかし》であること、誰《だれ》よりも教育に情熱を注いでいることを、私たちは知っています。これからも、どうか最善の方法で生徒たちを導いてあげてください」

「はい！　精進《しょうじん》します！」

学園長に温かい言葉をかけられ、さすがの鬼道も背筋《せすじ》を正す。

この日、鬼道は幸せいっぱいの気持ちで帰宅した。

職員室で表彰された翌日《よくじつ》から、鬼道は自分を取り囲む環境が変わったことに気がついた。

朝礼《ちょうれい》前に廊下《ろうか》を歩いていたときのことだ。自分に向けられた視線を感じて鬼道が振り向くと、バスケ部の朝練《あされん》が終わったところなのか、首にタオルを巻いた黒田亮平《くろだりょうへい》と、その友人が廊下の端《はし》からこちらを見て、ヒソヒソ話をしていた。

小論文テストを毛嫌《けぎら》いしている亮平のことだ。どうせ自分のことで、悪口でも言っているのだろう。そんな陰口《かげぐち》は無視《むし》してもいい。だけど、それを無視できないのが鬼道であった。そういうところが生徒から嫌われる原因であることも鬼道自身はわかっている。

「おい、何をヒソヒソ話している？　言いたいことがあるなら、はっきり言ってみろ」

まさかとがめられるとは思っていなかったのだろう。近づいてくる鬼道を見て、亮平がびっくりした顔つきになる。

「本人の前じゃ言えないのか！」と鬼道がつめよる。すると亮平は、はっきりした性格の彼にしてはめずらしく、ためらいがちに口を開いた。

「言えないわけじゃないんだけど、その……先生、ありがとうございました！　先生に教えてもらったこと、役に立ってます！」

「…………………………………………………………本気か？」

長い沈黙《ちんもく》の末、鬼道はそう尋《たず》ねるのが精一杯《せいいっぱい》だった。

呆然《ぼうぜん》とする鬼道の前で、亮平が首振《くびふ》り人形のように、繰《く》り返《かえ》しコクコクうなずく。たっぷり3呼吸分は置いたのちに、ようやく鬼道はじーんとした感動が胸を満たしていくのを感じた。

亮平が小論文テストを毛嫌いしているのは、授業中に寝られないからである。現代文（国語）の時間を、部活《ぶかつ》での体力消耗《しょうもう》に備《そな》えた充電《じゅうでん》時間と考えているから、睡眠《すいみん》にあてられないテストの時間が大嫌いなのだ。

自分の指導法が研究会から表彰《ひょうしょう》されたことを、生徒たちはまだ知らないはずだが、そういう噂《うわさ》はすぐに広まるものらしい。しかし、それにしても、あの亮平がここまで素直に感謝するなんて、やはり自分のやってきたことは間違っていなかった。

教育者として、研究会から評価されたことも嬉《うれ》しかったが、亮平の言葉は、鬼道にそれ以上の喜びを与えてくれた。

鬼道に対する生徒たちの変化は、それだけに留まらなかった。

朝礼が終わり、授業の準備をして2－Aに向かう鬼道は、どっしり構えた見た目と裏腹《うらはら》に、実は少しだけ緊張していた。2－Aの教室には、あの「悩み部《なやぶ》」がいる。

2年生のクラス編成をどうするかで、永和学園の教師一同は春休み中、もめにもめた。だけど結局、クラスを別にしたところで個別に問題を引き起こすのであれば、最初から一箇所《いっかしょ》にまとめて監督《かんとく》したほうが楽だという結論に達し、永和学園の守護神《しゅごしん》を自認する小畑花子《おばたはなこ》を2－Aの担任にすえることで、一応の決着をみたのだ。

始業のチャイムが尾を引いて朝の空気に溶《と》ける。2－Aの前に来た鬼道は小さく息を吸い、教室の扉《とびら》をガラリと勢いよく開けた。

「今日は最初に小論文のテストを実施する。各自、原稿《げんこう》用紙を机の上に出せ」

何事もはじめが肝心《かんじん》。生徒たちからなめられないよう、教室に入ると同時に、高圧的な口調で皆に命じる。

いつもなら、ここですかさずブーイングが来るはずだ。鬼道も内心で身構《みがま》えていた。だけど、驚《おどろ》いたことに、この日、文句を言う者は一人もいなかった。

多くの教師たちの悩みの元凶《げんきょう》――「悩み部」の藤堂《とうどう》エリカと大河内隆也《おおこうちたかや》ですら、おとなしく鬼道の指示にしたがい、机の中から原稿用紙を取り出している。

「何事もはじめが肝心」と考えるのは、おそらく向こうも同じである。必ず何らかの反撃《はんげき》があるはずだと鬼道はにらんだが、結局、そんな反撃もなく、小論文の抜き打ちテストは、何事もなく終わった。

それどころか、テストに続いて行った授業でも、鬼道はいつもと違う生徒たちの態度に驚いた。授業中、誰一人として私語を発する者がいなかったのだ。さらに、いくら注意しても、いつも悪びれることなく、授業中に好きな本を読んでばかりいる隆也までもが、今日は真剣な顔つきで、熱心に解説を聞いている！

そうこうしているうちに、あっという間に時は過ぎ、一時間目が終了する頃、鬼道は不覚《ふかく》にも嬉しくて涙ぐんでしまった。

まさか自分がこんなふうに生徒たちに受け入れられる日が来ようとは、今まで考えたこともなかった！

こみ上げてくる熱い感情を抑えようとして、うつむきがちに唇《くちびる》をかみしめる。その耳に、「先生、泣かないでください」という女子生徒の声が聞こえてきた。

顔を上げて、声のしたほうに視線を向ける。黒板正面の席から、あの藤堂エリカが自分を見上げてニッコリほほえんでいた。いや、ほくそえんでいる？　違う！　やはり、ほほえんでいる!!

——いよいよ悩み部の本領発揮《ほんりょうはっき》か!?　どんな罠《わな》が待っているんだ？

思わず身構えた鬼道のことを気にする様子もなく、エリカはイスの背に手をかけ、座ったまま後ろを向くと、クラスメイトたちに話しかけた。

「ほら、みんな立って！　先生にお礼を言うわよ！」

「……は？　礼？」

目の前で起きている出来事が、現実かどうか判断できない。呆然《ぼうぜん》としている鬼道の前で生徒たちが一斉に立ち上がり、示し合わせたように頭を下げて礼を言う。

「先生、ありがとうございました！」

「お前たち……！」

鬼道の涙腺《るいせん》はもう限界だった。まなじりににじんだ涙が、頬《ほお》を伝《つた》ってポロポロとこぼれ落ちていく。

「お前たちは、最高の生徒だ！　俺が成長できたのは、お前たちのおかげだ！　未熟《みじゅく》だった俺の授業が表彰《ひょうしょう》されるまでになれたのは、お前たちがいてくれたおかげなんだよ‼」

「先生の授業は未熟なんてことないですよ」

涙でむせかえる鬼道を見て、生徒たちが次々に笑顔で口を開く。

「鬼道先生の授業、悪くなかったよ」

「うんうん。厳しくても愛情を感じられたし」

「でも、次の学校に行ったら、もう少し生徒たちにやさしくしてあげたほうがいいと思うわ」

「…………次の学校？」

エリカが最後に告げたセリフに、鬼道は首をかしげた。

「藤堂、次の学校って、どういう意味だ？」

「…………？　鬼道先生、ほかの学校に転任するんですよね？」

「そんなこと、誰が言った⁉」

「え？　小田《おだ》くん、あなた、またウソをついたの⁉」

クラスの面前で問《と》い詰《つ》められ、今までことのなりゆきをぼんやりながめていた小田達哉《たつや》が、面食《めんく》らったように自分のことを指さす。彼は首を横に振り、やがて「ハハーン」と納得顔《なっとくがお》で答えた。

「みんなさぁ、大人《おとな》の事情をわかってあげろよ。鬼道先生にも、秘密にしておかなきゃならないことがあるんだよ。でも、俺《おれ》、昨日《きのう》の放課後、確かに見たんだ。忘れ物を取りに学校に戻ったら、大きな花束を抱えた先生が涙目で職員室から出てくるところだった。詳《くわ》しい事情は知らないけど、先生、永和学園にいられなくなって、他の学校に移らなきゃいけなくなったんだろ？」

「…………」

今まで感じていた喜びや充実感が、急速に音を立てて消えていく。

達哉の言葉で、ようやくわかった。日頃のお礼も、授業中の真摯《しんし》な態度も、なんてことはない。生徒たちは鬼道の表彰を知ったわけでも、その教育方針に感銘《かんめい》を受けたわけでもなく、鬼道がもらった花束を退職の印と勘違《かんちが》いし、今日が最後の授業だと勝手に信じこんでいたのだ。

そして、「最後くらいは」と思った結果、今日だけ無理して良い生徒を演《えん》じていたのだろう。

「鬼道先生、本当のところはどうなんですか？」

クラスを代表して、エリカが聞いてくる。

こんな小憎《こにく》らしい生徒、どうでなってもいい。いいけれど——。

鬼道はわずかに迷った末、口元に不敵な笑みを刻んで答えた。

「そうだ、本当は来週から、よその学校に移ることになっていた。でも、やっぱり転任はやめだ！　お前たちみたいな、愛すべきダメ生徒を残して、他の学校になんて行けるか！」

「…………………」

わずかな期待をこめて、鬼道も良い先生を演じてみた。しかし、そんな鬼道の宣言に対して返ってきたのは、重苦しいほどの沈黙《ちんもく》と、やがて教室のあちこちから上がった、やるせないため息《いき》だった。

真の自分の評価に直面し、先ほどまでとは別の意味で、鬼道はちょっと泣きそうになった。

進路相談

その日の放課《ほうか》後、進路指導室《しんろしどうしつ》の中心で深いため息をこぼした人間がいた。ほかでもない、この部屋《へや》の主、小畑花子《おばたはなこ》である。たとえようのないイラ立ちを気力で抑《おさ》えようとした結果、肺《はい》の奥底からハァーっという意図せぬため息がこぼれてしまったのだ。

原因は目の前にある――というより、いる。まるで拷問《ごうもん》に耐《た》えるような顔で唇《くちびる》をかみしめ、目線をわずかに下向けながら、両の拳《こぶし》を膝《ひざ》の上でギュッと握《にぎ》りしめている。

――これじゃあ、まるで私がイジメてるみたいじゃないの。

小畑は心の中でそうつぶやき、また、ため息をついた。

小畑の前に座《すわ》っている彼女の名前は、早坂紫織《はやさかしおり》。大河内隆也《おおこうちたかや》や藤堂《とうどう》エリカにも並ぶほど成績優秀な生徒で、教師の間でも、「才色兼備《さいしょくけんび》の見本」と言われている。最近では、彼ら3人に、帰国子女の武内要《たけうちかなめ》を加えた4人が「永和学園四天王《えいわがくえんしてんのう》」などと呼ばれているらしい。

実際に、紫織は1年生の最後に受けた全国模試《ぜんこくもし》において、難関国立大《なんかんこくりつだい》はすべて合格率《ごうかくりつ》80％以上のA判定を出していた。このままいけば、どこの大学にでも――それが医学部であろうと――行けるだろう。

他の教師たちも、「小畑先生の担任している2－Aには、『悩み部《なやぶ》』がいて大変でしょうけど、早坂さんがいるから、プラスマイナス0《ゼロ》ですね」などと言っていた。それなのに……！

わき上がってくる激情を抑《おさ》えようとして、グッと奥歯《おくば》をかみしめる。小畑は紫織に視線を戻し、さとすような口調《くちょう》でゆっくりと聞いた。

「早坂さん、あなたは自分の意志を曲げるつもりはないんですね？」

「はい」

「今のあなたの学力であれば、どこの大学だって行けるはずですよ。それなのに、本気であんな地方の工芸大学に行くんですか？」

小畑の挑発《ちょうはつ》めいた質問を受けて、先ほどまで顔を下に向けていた紫織が、反射的に顔を上げる。黒く澄《す》んだ瞳《ひとみ》に、攻撃的な光が宿った。彼女は、小畑の顔を正面からキッとにらみつけて言った。

「お言葉ですが、『地方』だとか『偏差値《へんさち》』なんかで大学のことをはからないでください。私は漆塗《うるしぬ》りの勉強をしたいと思ったから、漆塗りについての専門知識の得られる大学を進学先に選んだだけです！　私が漆塗りについて学ぶことに、何か問題がありますか？」

紫織のかたくなな答えに、小畑は再度こみ上げてきたため息を飲みこんだ。

生徒たちが真剣《しんけん》に進路を選んだのなら、自分たち教師は、全力でそれを応援する。しかし、それは、考えに考え抜いて進路を決めた場合の話だ。早々に進路を決める生徒の多くが、たまたまそのとき、好きだったことに人生を捧《ささ》げてしまおうとする傾向にある。もっと、いろいろな可能性を探ってから進路を決めても遅くはないというのに。

紫織のような真面目《まじめ》な生徒ほど、反対されればされるほど意固地《いこじ》になりがちである。そこで小畑は戦法を変えることにした。

「早坂さん、かつて、大学で学ぶことは、モラトリアムなどと揶揄《やゆ》されていました。あなたなら、この意味がわかるでしょう？」

「モラトリアムとは、支払猶予《しはらいゆうよ》期間のことです。やりたいことが見つからない人が、決断を先《さき》延《の》ばしにしている状態を指します。私の場合は、やりたいことをすでに見つけているんですから、モラトリアムには該当《がいとう》しません！」

「あなたはそう言いますが、モラトリアムは、決して悪いことではないんですよ。そこで一度立ち止まって、いろいろな方向を見てみることで、もっとやりたいことや、本当に自分が追究《ついきゅう》したいことがわかってくることだってあるんですから」

「…………」

紫織は何も言わない。小畑の顔から視線をはずすこともなく、考えこんでいる。

「いいですか、早坂さん。私だって伝統工芸《でんとうこうげい》の必要性を否定する気はありません。誰《だれ》かがその伝統を受け継ぎ伝えなくてはならないこともわかります。しかし、その『誰か』があなたなのかは、もっとゆっくり考えるべきではありませんか？　私の目には、あなたは、多くの選択肢《せんたくし》の中から『漆塗り』を選んだのではなくて、『漆塗り』しか知らなかっただけのように見えます。そもそもあなたは、進学先についてご両親とちゃんと話し合ったんですか？　ご両親じゃなくても、誰か良識のある大人《おとな》と話をしてますか？」

「……まだです」

わずかに視線をそらす紫織を見て、小畑はやれやれと肩《かた》をすくめた。

「それじゃあ、工芸大学に進学することについて、まだ誰にも話していないんですね？　それこそ、『自分には漆塗《うるしぬ》りしかない』と思いこんで、一人でつっ走っている証拠《しょうこ》でしょ」

「そんなこと、ありません！　先生のところに来る前に、ちゃんと相談をして、アドバイスをもらいました」

「誰に相談したって言うんですか？」

『悩み解決部』の人です」

「なや……なんです？」

「だから、『悩み解決部』です！」

小畑が、その聞きなれない名称を、いつもの呼び名に変換《へんかん》するのに、およそ10秒を必要とした。

「悩み解決部……悩み部ですって!?」

頭で理解したとたん、自分でも驚くほど甲高《かんだか》い絶叫《ぜっきょう》が口から飛び出す。同時に、大きなお腹《なか》が怒りで震《ふる》えるのを感じて、小畑はあわてて下腹《したばら》を手で押さえた。

落ち着こうと思って、大きく息を吸う。だけど、息を吐《は》くタイミングで、口から出たのは、苦々しいため息であった。自分が「悩み部」の顧問《こもん》を務めていることも忘れ、小畑は興奮気味《こうふんぎみ》にまくし立てた。

「早坂さん、あなた、よりにもよってあの『悩み部』に、人生の一大事《いちだいじ》を相談するなんて、何を考えているの！」

「人の悩みを解決する」なんてうそぶいているけれど、実際には、予想の斜《なな》め上《うえ》を行く問題を次から次に引き起こして面白《おもしろ》がっているような連中だ。今回も真面目な性格の紫織相手に、余《よ》計《けい》なことを吹きこんだに違いない。

小畑は、真剣な顔つきでじっとこちらの答えを待っている紫織に向け、ひとつ一つ言い含《ふく》めるように、ゆっくりと告げた。

「いいこと、早坂さん？『悩み部』のアドバイスなんて、絶対に信じてはダメですよ。あの子たちは、あなたと同様に成績は優秀です。頭の回転が早いことだけは、私も認めざるを得ません。だけど、本当に他人の気持ちに寄り添ってアドバイスをしているのかとなると、まったく疑わしい限りです。とにかく、彼らの言うことを信じてはいけませんよ!!」

落ち着いてしゃべっているつもりが、最後には興奮《こうふん》を抑《おさ》えられなくなってしまっていた。

紫織が驚《おどろ》いたように目をパチパチとしばたたく。

説明したところで、この優等生には理解してもらえないだろう。それよりここは、原因のほうをどうにかすべきだろう。

「早坂さん、『悩み部』の連中をここに呼んできてちょうだい。あなた抜きで、彼らと話したいことがあります」

自分が相談した相手をけなされて不満なのか、紫織は複雑《ふくざつ》な表情をしていたが、小畑が「早く」とうながすと、最後には神妙《しんみょう》な顔つきで部屋を出て行った。


それから10分後、進路指導室へやってきた生徒を見て、小畑は不機嫌《ふきげん》になった。

小畑に命じられた通り、紫織は「悩み部」に声をかけてくれたらしい。しかし、そこには「悩み部」の主要メンバーである藤堂エリカと大河内隆也の姿《すがた》がなかった。代わりに、途方《とほう》に暮《く》れた表情の相田美樹《あいだみき》が、部屋の入り口から小畑の様子をうかがっている。

「藤堂さんと大河内くんはどうしたんです？　なぜ出頭《しゅっとう》しないんですか!?」

「先生、『出頭』って何ですか？　エリカと隆也くんが何かしたんですか？」

「わかっているでしょう？　早坂さんのことです。あの２人、早坂さんに何を吹きこんだんですか？」

小畑に問《と》い詰《つ》められ、美樹は一瞬ひるんだようだったが、それでも毅然《きぜん》とした口調で答えた。

「今日は２人とも用事があるというので、先に帰りました」

「え？　それじゃあ、早坂さんの進路相談に乗ったのは誰だというんです？」

「私です」

「……………」

小畑は額《ひたい》を押さえて、天井を振《ふ》り仰《あお》いだ。

「悩み部」の中では、この相田美樹はまだマシなほうだと――比較的《ひかくてき》、常識人《じょうしきじん》に近い感性を持ち合わせていると思っていた。なのに、紫織に対して余計《よけい》なアドバイスをするとは……。

ささやかな期待があっただけに、その期待が裏切られたときの悲しみは大きい。これからは、彼女の存在にも気をつけたほうがいいかもしれない。

小畑は座っていたイスの位置を直すと、美樹の顔を真下から見上げて告げた。

「さっきも言いましたが、相田さん、あなた早坂さんに何を言ったんですか!?　あなたみたいな、知識も経験もない子どもが、他人の将来についてあれこれ口出しをするんじゃありません！　進路指導はお遊びじゃないんですよ‼」

「はい……」

「隠《かく》さずにすべて話しなさい。あなたは、早坂さんにどんなアドバイスをしたんです⁉」

そのアドバイスの内容さえわかれば、志望校《しぼうこう》を変えさせるための作戦を立てられる。また明日、時間をかけて、紫織を説得しよう。小畑は、腕を組んで美樹の答えを待った。

美樹はなんて答えるべきか、迷《まよ》っていたらしい。しかし、小畑がじっとにらんでいると、もう逃げられないとさとったようで、おとなしく口を開いた。

「先生のおっしゃる通り、私はまだほんの子どもで、他人の人生に責任を持つことなんてできません。それに、以前、頼子《よりこ》が介護士《かいごし》になりたいって言い出したときに、先生がなさった説得も一部始終《いちぶしじゅう》見ていたから、紫織に言ったんです」

「なんて？」

「『進路のことで迷っているなら、小畑先生に相談するといいよ。先生なら、生徒のことを第一に考えた上で、最適《さいてき》なアドバイスをくれるから。小畑先生は厳《きび》しいけど、信じられる人だよ』って」

「え？　私のことを『信じられる人』って言ったんですか？」

「はい」

きっぱりうなずく美樹を見て、小畑は自分が犯《おか》した絶望的なミスに気づいた。進路指導室を出て行くときの、紫織の微妙な表情と、自分が彼女に告げたセリフが脳内で反芻《はんすう》される。

──「悩み部」のアドバイスなんて、絶対に信じてはダメですよ。

だけど、「悩み部」のメンバーである相田美樹は、小畑のことを「信じられる人だ」と、紫織にアドバイスをしていた。つまり、小畑は、自分で自分自身のことを信じるなと、紫織に告げてしまったのだ！

「先生、大丈夫ですか？」

心配そうに顔をのぞきこんでくる美樹のことをキッとにらんで、小畑は叫《さけ》んだ。

「なんで、あなたたちが関わると、私のすることは、空回《からまわ》りしてしまうの!!」

誤解を解くために、明日《あした》になったら真《ま》っ先《さき》に紫織に話さなくてはいけない──「悩み部」の言うことは信じてもいいと。

［スケッチ］

トラブル・バスター　～さとりの伝説《でんせつ》～

この世には、異能《いのう》としか言いようのない力をもった人間が存在《そんざい》する。霊《れい》を見る力や、透視能力《とうしのうりょく》など、様々な力をもつ異能者がいるが、有田祥吾《ありたしょうご》がもっていたのは、ブック・トラベルという能力だった。

本に触《ふ》れた瞬間《しゅんかん》、祥吾はその本の世界に入り、物語の中の登場人物《とうじょうじんぶつ》と会話をしたり、そこにある物や人を現実世界《げんじつせかい》へ持ち帰ったりすることができるのだ。

初めてブック・トラベルの能力を発揮《はっき》したのはいつのことだったか、祥吾ははっきり覚えていない。小さい頃は、物語に没頭《ぼっとう》しすぎて、物語の世界をリアルに感じているだけかと思っていたからだ。しかし、あるとき、感情移入《いにゅう》しながら読んでいた物語の中でモンスターに襲《おそ》われ、ハッと気づくと現実世界に戻《もど》っている、という出来事があった。腕《うで》に痛《いた》みを感じて見てみると、モンスターに切りつけられたときにできた傷《きず》あとが、生々しく残っていた。

その後、祥吾は、いろいろな物語の世界へトラベルし、自分の能力に磨《みが》きをかけていった。今、大人《おとな》になった祥吾は、この力を大いに活用している。祥吾が掲《かか》げた看板《かんばん》は、「トラブル・バスター」。その名の通り、トラブルや事件に巻《ま》きこまれたり、自分一人では解決できない悩《なや》みを抱《かか》えた人を助けたりしているのだ。もちろん、ビジネスとして。

「なぁ、祥吾。俺《おれ》、現代のサラリーマンに見えるか？」

とある朝、祥吾の家に置いてあるクローゼットの前でクルリと回り、そう尋《たず》ねてきたのは、祥吾がサトルと呼んでいる青年だった。

彼は体こそ小さいが、短く真っ黒な髪《かみ》に、日焼けサロンに通いつめたのではないかと疑《うたが》うほど黒い肌《はだ》をしている。その姿《すがた》は、サラリーマンというより、精悍《せいかん》なアスリートが、入団会見のためにスーツを新調したように見える。だけど、祥吾は心に思ったことと別の感想を口にした。

「そのスーツ、似合《にあ》ってるじゃないか」と。

その瞬間《しゅんかん》、サトルが祥吾の顔を見て、にたりと笑《わら》った。

「祥吾、お前は今、ウソをついたな。本当は、『アスリートが入団会見のためにスーツを新調したみたいだ』なんて思ってるくせに」

サトルに本心をずばりと言い当てられ、祥吾は——愉快《ゆかい》そうに笑った。

「それだけ正確《せいかく》に他人の心を読めるなんて、今日も絶好調《ぜっこうちょう》だな、相棒《あいぼう》」


サトルの本当の名前は「サトリ」と言う。彼は、「人の心を読む」ことができる妖怪《ようかい》だ。ブック・トラベルの力をもつ祥吾が、『日本民話全集《にほんみんわぜんしゅう》』という本の中にトラベルして、現代日本に連《つ》れてきた。

サトリは、本来、人間に対して友好的《ゆうこうてき》な妖怪ではない。人間の心を読んで、相手が驚《おどろ》いたスキに、その人間を食《く》い殺《ころ》すこともある、怖《おそ》ろしい妖怪だ。

しかし、祥吾にとって、サトリを捕《つか》まえるのは、難《むずか》しいことではなかった。「サトリの伝説」に登場するキコリのようにふるまえばいいだけの話だったからだ。

祥吾はまず物語の中にトラベルし、サトリが現《あらわ》れそうな山の中で、斧《おの》で木を切り始めた。すると、予想通り、木の陰《かげ》からサトリがこちらの様子をうかがいはじめた。祥吾は、自分の計画をさとられないようにするため、頭の中を、物語に登場するキコリの思考に切《き》り替《か》えた。「物語の中の人物になりきる」のは、祥吾がブック・トラベルを繰《く》り返《かえ》すうちに身につけたスキルの一つだった。

サトリは音もなく背後に忍び寄り、祥吾に聞こえるように、わざと大声で言った。

「ククク、わかってるぞ、わかってるぞぉ。お前は今、『怖ろしい妖怪が現れた』と思っただろう。おや、考えを言い当てられて、『なんで考えていることがわかるんだ』と思ったな。そうそう、俺は、お前が思っている『サトリの妖怪』だよ。むだだ、むだだ、『スキをついて逃《に》げよう』なんて、むだだ。どれ、お前を食らってやろうかな？」

サトリが舌《した》なめずりをしながら近づいてくる。祥吾は、サトリの脅《おど》しに震《ふる》えたふりをしながら、黙々《もくもく》と斧を振《ふ》り下《お》ろし続けた。そして、いよいよサトリが跳《と》びかかってこようとした瞬間《しゅんかん》——折れた木の枝が勢《いきお》いよくはじけ飛び、サトリの顔面を直撃《ちょくげき》した。

「痛《いた》い、痛い！　なんだ、今のは！　『食ってやろう』なんて言って悪かった。なんでも言うことを聞くから許《ゆる》してくれ！　まったく人間は、考えてもいないことをするから怖ろしい」

地面に転げ回って泣《な》き叫《さけ》ぶサトリの姿《すがた》を、祥吾は無言で見下ろした。

もちろん、折れてはじけ飛んだ木の枝は、あらかじめ祥吾がしかけていたものである。

そうやって、半《なか》ばだまし討ちのような形でサトリを捕まえたのだ。

祥吾は持っていた斧を地面に置くと、サトリを立たせて告げた。「なんでも言うことを聞くって言うんなら、まずは俺と一緒に来てほしい」と。


その日、祥吾がサトリを連れて行った先は、高層ビルが立ち並ぶオフィス街だった。今日のクライアントは、超一流企業《ちょういちりゅうきぎょう》に勤《つと》めるビジネスマンで、ライバル企業《きぎょう》との提携問題《ていけいもんだい》でハードな交渉《こうしょう》をしなくてはいけないことになっていた。

自社に有利な条件《じょうけん》で交渉がまとまれば、会社は大きく躍進《やくしん》する。しかし、強気な交渉が失敗すれば、会社は大きく傾《かたむ》くことになるかもしれない。その見極めが難しいのだという。

「ライバル企業がどのように考えているのか、うわべだけの言葉ではなく、その本心を知りたい。そして、この情報戦《じょうほうせん》に勝利し、交渉を優位《ゆうい》に進めたい」というのが、クライアントの依頼だった。

この男の希望を叶《かな》えるために祥吾が考えたのが、サトリの能力を利用することだった。

「今日の交渉相手は手強《てごわ》いらしい。しっかり心を読むよう、頼んだぞ」

「けけけ、お前に本心からそう思われてるんじゃあ、手を抜くわけにいかねぇな。任せておけ」

サトルが胸《むね》をドンとたたく。

祥吾とサトルはビルの一室でクライアントと合流し、綿密《めんみつ》な打ち合わせをしたのち、一緒に交渉の場となる企業に向かった。クライアントには、サトルの能力のことは話さず、「ビジネス交渉のスペシャリストを連れてきた」とだけ説明《せつめい》した。


祥吾たちが案内《あんない》された先は、ビルの最上階《さいじょうかい》にある会議室だった。そこで待《ま》つこと十数分、ようやく会議室の扉《とびら》が開き、本日の交渉相手たちが入ってきた。

彼らは、いかにも高級そうなスーツに身を包《つつ》み、社長以下の重役《じゅうやく》たちも、厳《きび》しいビジネスの世界で戦ってきたことを想像させる、穏やかでありながら冷たい表情をしていた。

交渉がはじまって間もなく、祥吾の隣《となり》に座《すわ》るサトルが、テーブルの上でノートパソコンのキーボードをすごい勢《いきお》いで叩《たた》きはじめた。祥吾がサトルに教えたことの一つが、パソコンの操作《そうさ》である。相手の思考を読み取れるサトルは、いとも簡単に現代の常識を身につけた。そして、相手の思考を読み取ったサトルは、実況中継《じっきょうちゅうけい》するように、相手方の考えを文書化し、その場で祥吾に送信してくるのだ。

送られてきた文面を読むと、相手の企業は、祥吾たちのクライアント企業を完全に下に見ていることがわかった。油断《ゆだん》している相手になら、いろいろな戦略《せんりゃく》が組み立てられる。サトルさえいれば、この交渉戦に負けるわけはない——祥吾がそう考えたとき、相手企業の社長が言った。

「ここまでお話をしてなんですが、実は私たちには、最終的な社の判断《はんだん》を申し上げることができません。ご存じの通り、我々《われわれ》の上には、コンツェルンの総帥《そうすい》がおります。今回の事案《じあん》については、総帥から直接お話をさせていただき、こちらの条件を申し上げたいと思います。先ほど受けた連絡では、総帥は間もなくこの会議室に到着しますので、少々お待ちください」

それから待つこと数分、会議室の扉が開き、ライバル企業のコンツェルン総帥が軽やかな足取りで入ってきて、皆《みな》に元気よく挨拶《あいさつ》をした。総帥の隣には、その側近《そっきん》とおぼしき人間が立っている。

それからの祥吾は、険《けわ》しい顔をしたまま、うつむいていた。クライアントが、心配そうな表情で祥吾とサトルのほうを何度も見たが、彼を安心させるような言葉を見つけることはできなかった。先ほどまでは、軽快《けいかい》にカタカタとキーボードを打っていたサトルも、ピタリとその手を止《と》めている。

いや、正確《せいかく》に言うと、ピタリと手を止める前に、一つだけ質問のメールを祥吾に送って寄こした。

「ショウゴ、あの顔の色が白くて、髪の毛が金色の男は誰《だれ》だ？　あの男、心の中はのぞけるんだが、聞こえるのは、モニャモニャとしゃべる声ばかりで、何を言っているのか、さっぱりわからない」

会議室に入ってきたのは、背の高い、金髪《きんぱつ》の外国人だった。クライアントから聞かされていなかったが、ライバル企業のコンツェルン総帥は、アメリカ人であった。

総帥が陽気に英語で挨拶をし、その隣にたたずむ側近が同時通訳《つうやく》をしていく。

サトルは、たしかに相手の心を読む力をもっている。しかし、その相手が、サトルが理解できない英語で思考するとは、予想もしていなかった――。

「今度の原稿《げんこう》プロットはどうだ？」

美樹《みき》とエリカの2人が原稿から顔を上げたのを見て、気づいた隆也《たかや》が声をかけてくる。

いつもと同じ放課後の、いつもと同じ悩《なや》み解決部《かいけつぶ》の部室で、美樹は答えを返す前に、まじまじと隆也の顔を見つめた。

「ブック・トラベル」という能力を題材として扱ったところは前作と同じだが、今作では「ブック・パトロール」という設定《せってい》は捨《す》てて、「トラブル・バスター」に変更したようだ。この主人公のやっていることは、どことなく、「悩み解決部」に似《に》ている。

それにしても、隆也の頭の中にはどれほどの知識とアイデアが詰《つ》まっているのだろう？

こうしてみると、性格《せいかく》は全然《ぜんぜん》違《ちが》っても、やっぱり隆也は、映画監督《えいがかんとく》を目指している都子《みやこ》の弟なんだなぁと、しみじみ思い知らされる。

美樹が隆也に感想を伝えようとする。その前に、エリカが、おそらく正直に思ったことを口にした。

「前作の原稿を読んだあと、『あなたみたいな無表情《むひょうじょう》は、もっと笑《わら》えるものを書きなさい』って言ったけど、これじゃあ、『笑い』というか、『苦笑《くしょう》』ね。力の抜けるオチだけど、この前みたいな『暗い』のよりはいいんじゃない？　それに、ペダンティックな知識自慢《じまん》を抑《おさ》えているのは、あなたにしては頑張《がんば》ったほうかもね。まぁ、こう言われて悔《くや》しかったら、感動的なラストで私を泣かせてみなさいよ」

エリカの情《なさ》け容赦《ようしゃ》ない批評に、隆也の無表情が少しだけ不満そうに曇《くも》る。だけど、彼は「そんなこと言うなら、お前が自分で書いてみろ！」などとは決して言わない。代わりに「次の作品を待っていろ」と告げて、エリカの手から原稿を回収した。

いつもの冷静な姿と対照的《たいしょうてき》に、「次こそ見てろよ」と言わんばかりの、ちょっとだけ拗《す》ねた様子が妙《みょう》にかわいらしくて、美樹はクスッと笑ってしまった。

さっきは感想を伝えられなかったけれど、「トラブル・バスター」はちょっとズッコケな結末を迎えるところが、自分たち「悩み解決部」を描いているようで、美樹は好きだった。

それに、原稿を見せてくれるときの隆也は、クールな仮面《かめん》をはずしてくれるようで、そんな様子を見るのも、美樹の楽しみの一つとなった。

大成《たいせい》しなかった画家

「俺《おれ》は、角田秀《かどたすぐる》に画家として成功してほしいと思っている」

大河内隆也《おおこうちたかや》から発せられたその言葉を聞いたとき、相田美樹《あいだみき》は、自分の耳を疑《うたが》った。他人《たにん》の不幸を積極的《せっきょくてき》に願《ねが》うわけではないが、幸せを願う様子もない隆也の口から、そんな言葉が出てくるなんて――。

しかも、その相手は、角田秀だ。隆也が彼に、そんな想《おも》いを抱《いだ》いていたなんて――。


「ねぇ、3年の角田秀って知ってる?」

そう言いながら、武内要《たけうちかなめ》がノックもなしに悩《なや》み解決部《かいけつぶ》の扉《とびら》を開《あ》けたのは、とある放課後《ほうかご》のことだった。

バスケ部のマネージャーをめぐる問題でかかわったとき以来、要は、特に相談があるわけでもないのに、ちょくちょく悩み解決部の部室に顔を出すようになっていた。

なぜこの部屋《へや》にやって来るのか？　要は笑《え》みを浮かべ、「居心地がいいから」としか語らなかった。けれど、実際にエリカと隆也の２人が要の来訪を嫌《いや》がることもなく、当然、美樹が不快感《かいかん》を示すこともなかったため、こうして居つくようになったのだ。

「あれ？　角田先輩って、あまり有名じゃないの？」

基本的に要はポジティブな性格《せいかく》なのだろう。自分の質問《しつもん》に誰《だれ》も答えなかったのは、悩み解決部が角田秀のことを知らないからだと解釈《かいしゃく》したらしい。

秀の名前を連呼《れんこ》されて、美樹は思わず横を見た。そこでは、ついさっきまで上機嫌《じょうきげん》で菓子《かし》パンを頬《ほお》ばっていたエリカが、まるで黒板《こくばん》をひっかく不快《ふ》な音を聞いてしまったかのような、不愉快《ゆかい》そうな表情になっていた。

「角田秀のことなら、もちろん知ってるわよ。２年生の終わりに美術部《びじゅつぶ》を引退《いんたい》するまで副部《ふくぶ》長《ちょう》を務《つと》めていた、ヒキョー者のメガネでしょ？　もっとも、うちのメガネも、そのヒキョー者の罪《つみ》を見逃《みのが》したんだから、同じようなものだけど」

「エリカ！　それはちょっと違《ちが》うでしょ……」

いつものように、親友の毒舌《どくぜつ》をたしなめた美樹だったけれど、エリカが秀を「ヒキョー者」呼ばわりする理由もわかっていたので、そこまで強く言うことができなかった。

何しろ秀は、美術部の石膏像《せっこうぞう》を壊《こわ》したことを先生に黙《だま》っていたばかりか、その罪を部長の玉木浩平《たまきこうへい》になすりつけようとした人物なのだ。そのアリバイ工作を見破《みやぶ》ったのが隆也であったが、彼は秀を告発しなかった。そのことが理由で、エリカと衝突《しょうとつ》したのだ。

「で、あのヒキョーメガネが、いったいどうしたっていうの？」

ものすごく嫌《いや》そうな顔をしたエリカに先をうながされ、要はちょっと困惑《こんわく》したように、頬《ほほ》をポリポリかきながら答えた。

「さっき職員室《しょくいんしつ》へ行ったときに、先生たちが話してるのを聞いたんだ。『角田秀が美大《びだい》への進学をあきらめて、東大《とうだい》を目指しているから、今年は東大の合格者が一人増えるかもしれませんね』って」

「…………本気なの？　あのメガネが東大って」

「うん。画家になることは、あきらめたらしいよ」

「あのメガネも、ついに自分の才能のなさを認める気になったのねぇ……」

しみじみとつぶやくエリカを前にして、要が首をかしげる。彼は2年生から永和学園《えいわがくえん》に編入《へんにゅう》してきたのだから、わからなくて当然だ。そんな彼に向けて、美樹は「これは私の主観《しゅかん》も混《ま》じっているけど……」と前置きをしてから、補足説明《ほそくせつめい》をした。

「角田先輩は、何でもできる秀才《しゅうさい》タイプの人なんだけど、同じ美術部の玉木先輩っていうライバルにはなかなか勝てなくて……。そのせいで少し前にもめ事があったの」

「まぁ、絵の才能がないんだから、芸術家の道は早々《そうそう》にあきらめて、公務員試験《こうむいんしけん》でも受けて、官僚《かんりょう》にでもなるのがいいんじゃない？　それで、得意のズル賢《がしこ》さを発揮《はっき》して、出世《しゅっせ》していくのがお似合《にあ》いよ」

「エリカ、それはまた、すごい偏見《へんけん》と妄想《もうそう》よ」

美樹がこうして時々手綱《たづな》を取らないと、このお嬢様《じょうさま》はどこまでも暴走してしまう。「卑怯《ひきょう》なことを許さない正義感」は、エリカの美徳《びとく》でもあるけれど、逃げ道を与えない厳《きび》しさや、過去の誤《あやま》ちを許さない姿勢《しせい》は、将来彼女が人の上に立つとき、プラスにはならないように思う。

美樹がエリカの将来に一抹《いちまつ》の不安を覚えて、顔を曇《くも》らせた。

そのとき、要がイタズラ少年のようなほほえみを浮かべながら、隆也に話題を振《ふ》った。

「さっきからずっと黙《だま》ってるけど、隆也は角田先輩のことをどう思ってるの?」

今まで周《まわ》りの空気を完全に無視して読書に没頭《ぼっとう》していた隆也が、読みかけの本を閉じ、顔を上げる。その本のタイトルは『風立《かぜた》ちぬ』。結核《けっかく》に冒《おか》された女性と、その婚約者《こんやくしゃ》との恋愛《れんあい》を描いた、戦前の小説らしい。

最近の隆也は、小説を書く参考にしているのか、難《むずか》しい専門書以外の本も、多く手に取るようになっていた。彼がそんな感傷的《かんしょうてき》にも思える小説を読む日が来るなんて、美樹も想像したことすらなかったけれど。

「そうだな、俺は――」

みんなの注目を一身に浴びた隆也が、自分の考えをまとめるように、軽く目を閉じる。やがて目を開けた彼は、重々《おもおも》しい声で答えた。

「俺は、角田秀に画家として成功してほしいと思っている」

「え?」

予想外の答えに、美樹は驚き感慨《かんがい》を深くした。『風立ちぬ』もそうだけど、その言葉はこれまでの隆也ではあり得なかった反応だ。

エリカが他人に対して厳しすぎるならば、隆也は他人に対して冷たすぎる――それが、２人に対する美樹の率直《そっちょく》な感想だった。もちろんそれは表面的なふるまいについてで、２人の本当の優《やさ》しさは、美樹が一番よく知っている。でも、それにしたって、あの隆也が、角田先輩に対して、こんな温かい言葉を発するなんて……。エリカがなかなか成長できない一方で、隆也は少しずつ変わろうとしているのかもしれない。

エリカを見ると、やはり隆也の反応に驚いたのか、目をぱちくりさせていた。まだつき合いの浅い要ですら、今の答えに違和感を覚えたのか、「へー」とつぶやきながら、興味深そうに隆也を見ている。

そんな微妙《びみょう》な空気を気にすることなく、隆也は相変わらずの無表情で、再《ふたた》び本を開いて読み始めた。要も、その時には彼本来の表情を取り戻し、ニコニコと笑っていた。

それから数日が過ぎた日の放課後。

エリカと一緒《いっしょ》に掃除《そうじ》当番を終えた美樹は、悩み解決部の部室に足を運んだ。

部室にはすでに隆也がいて、窓際《まどぎわ》の席で本を読んでいた。正確に言うと、本をペラペラとめくり、ながめていた。彼が手にしていたのは、大判《おおばん》の本で、誰かの画集のようであった。

「ふーん。上手《じょうず》な風景画だけど、どこかヒキョー者の絵と一緒で、華《はな》がないわね。そういう意味では、地蔵《じぞう》、あなたの書いた小説にも通じるわね」

後ろから画集をのぞきこんだエリカが、率直な感想を口にする。

美樹もエリカと同様に画集をのぞきこみ、同じことを感じてしまった。そのページに載《の》っていた絵は、外国の教会を描いたもので、確かに上手に描けてはいるけれど、それ以上のものは感じない。行儀《ぎょうぎ》のよい優等生のような印象で、そこに独創《どくそう》性や、画家の熱意のようなものは見られなかった。

自分のながめている絵にケチをつけられて、おもしろくなかったのだろうか。美樹たちの感想を受けて、隆也は小さく肩をすくめた。

「確かに、美術の歴史をひもといたところで、この画家の名前を見つけることはできないだろう。だが、この画家の実力が認められ、彼が美術史に名を残すような人物になっていたら、世界の歴史は変わっていたに違《ちが》いない。少なくとも、今とは違う世の中になっていたはずだ」

「世界を変える？　ピカソの『ゲルニカ』みたいに、反戦のメッセージでもこめられてるっていうの？　この絵にそんな力があるとは思えないわ。小説なんか書き始めると、『芸術には世界を変えるパワーがある』って考えたくなるんでしょうけど、世の中を動かしているのは、結局のところ、政治力とか権力《けんりょく》とか経済《けいざい》なのよ」

「その言い方は、さすがに身《み》もフタもないよ、エリカ。ただ……」

隆也の発言に、エリカほどではないにしても、美樹もかなりの衝撃《しょうげき》を受けていた。あの現実主義の塊《かたまり》のような隆也が、芸術の力を主張するようになるなんて！　やっぱり、自分の知らないところで、隆也は少しずつ変わり始めているのかもしれない。

「隆也くんって、意外とロマンチストなのね」

美樹がなんとはなしにつぶやいた。その瞬間《しゅんかん》、隆也の口元に、なぜかフッと皮肉《ひにく》めいた笑《え》みが浮かんで見えた。彼は画集に手を伸ばし、開きっぱなしになっていたページを閉じながら、再び口を開いた。

「お前たちは知らないかもしれないが、この絵を描いた人間の名はアドルフというんだ」

「地蔵、言っておくけど、美術について講釈《こうしゃく》しようとしているなら、釈迦《しゃか》に説法《せっぽう》よ。私がどれだけ本物《ほんもの》の芸術に触《ふ》れて育ってきたか教えましょうか？　その私が知らない画家なんて、『知る必要がない画家』ってことよ！」

エリカが自信満々に言って、胸を張る。しかし隆也は、エリカの挑発《ちょうはつ》にも動じることがない。

「藤堂《とうどう》エリカ、お前の言っていることは正しい。この絵を描いた画家は、芸術の才能には恵まれず、結局、芸術家になる夢《ゆめ》をあきらめて、全然違う道——そう、政治の道に進んだんだ。そして、世界の歴史に名を残す政治家になった。それも、史上最悪の政治家に。彼の名は——」

「アドルフ・ヒトラー……だね？」

いつからそこにいたのか、画集の表紙を後ろからのぞきこんだ要が隆也のセリフをつぐ。隆也は重々しくうなずいて続けた。

「ヒトラーは、もともと平凡《へいぼん》な画家志望の青年だったという。藤堂エリカ、お前が言うように、ただの絵に世界を変える力はないと俺も思う。しかし、だからこそ、政界・財界・官界のような、世界を変えるチャンスがある舞台には立たず、しがない芸術の世界に留《とど》まっていてもらいたいと願う相手もいるんだ。歴史上の人物ではヒトラー、身近な人物では角田秀のようにな……」

［スケッチ］

藪《やぶ》の中の虫

雲一つない、青々とした空が広がっている。

その日、小田達哉《おだたつや》は朝早く起きて筋《きん》トレをしたあと、シャワーを浴《あ》びてから念入《ねんい》りに髪《かみ》をセットし、2時間もかけて選んだ服を着て家を出た。

一流のアスリートほど、道具の手入れに余念《よねん》がないという。「恋愛《れんあい》アスリートの自分にとって、道具というのは、服や髪型《かみがた》、顔である。ビジュアルをおろそかにしないのは、一流の証《あかし》」……そんな名言《めいげん》を思いつき、達哉はいつか、女の子たち相手にさりげなく使おうと心に決めた。

達哉が向かおうとしているのは、永和学園《えいわがくえん》の近くにあるオープンカフェだ。こじゃれた内装《ないそう》の店で、旬《しゅん》のフルーツをふんだんに使ったタルトがおいしく、紅茶《こうちゃ》の種類が豊富《ほうふ》なことから、若い女性に人気がある。

彼女たちは蜜《みつ》を求めて花に集まる蝶々《ちょうちょう》。そして、さしずめ自分は、その蝶を狙《ねら》うカマキリといったところだろうか。……この表現もいつか使ってみよう。

カフェに着くと、達哉は一番奥の席に案内された。一番安い紅茶を注文して、早速《さっそく》、周囲をキョロキョロと見回す。

やがて、達哉は窓際《まどぎわ》の席に視線《しせん》を留めた。

会社の休みに、一人でゆったりお茶を楽しみに来たのだろうか。白いレースのブラウスに、ピンクのスカートをはいた女性が、静かに単行本《たんこうぼん》を読んでいた。

自分より確実に5歳《さい》以上は年上だろうけど、相手にとって不足はない。

達哉が念《ねん》を送るように女性を見ていると、視線に気づいた女性が本から顔を上げ、にっこり笑《わら》いかけてくれた。

マイ・オーラ、健在《けんざい》なり！　あんなに離《はな》れた席にまで届く自分のオーラパワーって、どれだけすごいのだろう。

それにしても、なんて素敵《すてき》な笑顔《えがお》なんだ！――自分に気があることは間違《まちが》いない。あとは、指《さ》す手をミスらなければ、チェックメイト!!

達哉は落ちてきた前髪を、シャンプーのCMのようにさっとかき上げると、顔に爽《さわ》やかな笑《え》みをたたえて、席を立った。

休日のカフェは、どうしていつもこんなに忙《いそが》しいのだろう？

お昼を過ぎると次から次にお客さんが入ってきて、人間観察《かんさつ》をする余裕《よゆう》もない！

もっとも、お客が少ないカフェは、人間観察の機会すらないから、お店が繁盛《はんじょう》することは、都子《みやこ》にとって決して悪いことではないのだけれど。

「都子ちゃん、３番テーブルのオーダーを聞いてきて！」

一息《ひといき》ついていたら、ホール担当《たんとう》のチーフに急《せ》かされた。都子は「はい！」と元気よくうなずき、伝票《でんぴょう》を手にカフェの奥《おく》へ向かった。

休日デートの最中《さいちゅう》なのか、３番テーブルには幸せそうにほほえみ、2人だけの空間を作っているカップルがいた。その様子は、今度、恋愛映画を作るときの資料になるかもしれない。

都子はもっと近くで2人を観察――もとい、オーダーを取るために近づいて行き、途中《とちゅう》でふと眉《まゆ》をひそめた。

カップルの後ろの席に、見知った顔が座っていた。弟、隆也《たかや》の同級生で、本名は小田達哉という。以前、早川淳《はやかわあつし》というイケメンの名をかたって、しょうもないナンパを繰《く》り返《かえ》していた男子だ。

本物の早川淳の彼女にナンパ現場を見とがめられて以来、このカフェで見かけることもなかったが、春になって、冬眠《とうみん》から目を覚《さ》ましたのだろうか。それとも、執行猶予《しっこうゆうよ》期間を勝手に終わらせたのだろうか。都子と同様、端《はし》の席から、チラチラと女性客たちを観察している。

本当に懲《こ》りないものだ。過去《かこ》に何十回も振《ふ》られているはずなのに、心が折れないなんて、これもある種の才能かもしれない。やっぱり、春という季節は、おもしろい！

ただ、観察対象としては興味深《きょうみぶか》いし、正直、達哉がどんな女性に声をかけて振られようと、都子には関係のない話だが、カフェの店員としては、お店の客に迷惑《めいわく》をかけるようなら、彼をつまみ出さなければならない。

都子が達哉の動向に注意を向けた。そのとき、

「都子ちゃん、３番テーブル‼」

先ほどよりキツい調子で言われ、都子はハッと我《われ》に返った。

「すみません！　今すぐ行きます！」

早口で返事して、今度こそカップルのいる席に向かう。ただし、都子は達哉が暴走したらすぐ対処《たいしょ》できるように、彼のほうに気を配ることも忘れなかった。

春野桃子《はるのももこ》はその日、一人で退屈《たいくつ》な休日を過ごしていた。

桃子には、恋人はいないけれど、好きな人がいる。同じ部署《ぶしょ》で働く同僚《どうりょう》だ。

彼は、仕事もできるのに、えらぶったところが全然なくて、後輩《こうはい》にも優《やさ》しい。前向きで明るい性格だから、先輩《せんぱい》たちからも可愛《かわい》がられている。当然、思いを寄《よ》せ、告白する女性社員も多かったが、彼には中学の頃からずっとつき合っている彼女がいるらしくて、見向きもされなかった。桃子も、そんな一人であった。

一人でカフェでお茶をしていても、やっぱりつまらない。桃子があくびをこらえて、手元の単行本を閉じた。そのとき、何かただならぬ気配《けはい》と視線に気づいて、横を向いた。

高校生だろうか。生意気《なまいき》にも有名ブランドの服を着て、髪の毛をきっちりセットした男の子が、自分を見ていた。こんな見え見えのアプローチが許されるのも、若い子の特権だろう。顔はまったく好みでなかったが、ちょうど退屈《たいくつ》していたので、声をかけてくるようなら、少しくらい相手をしてあげてもいい。

桃子の考えを敏感《びんかん》に察知《さっち》するように、目が合った直後に、男の子は自分の席を立った。

「こんにちは。お姉《ねえ》さんが読んでいる本、もしかして篠原雅之《しのはらまさゆき》の新刊《しんかん》ですか？」

高校生にしてはずいぶんと手慣《てな》れた調子で話しかけられ、桃子は少し驚《おどろ》いた。しかし、ここは大人の余裕《よゆう》を見せるところだと思って、わざと意地《いじ》の悪い返事をした。

「残念だけど、私、篠原雅之のこと、あまり好きじゃなくて読んだことがないの。趣味が合わないわね」

「そんなことありませんよ。実は、僕《ぼく》も篠原雅之のこと、大嫌《だいきら》いなんですよ。趣味が合いますね！」

「キミ、調子いいわね！　まだ高校生でしょ？　男子高生なら、カフェなんかにいないで、スポーツでもしたほうがいいんじゃない？」

これでナンパは終わりだ。桃子は冷《さ》めかけた紅茶を口にして、再び本を読もうとした。だけど、男の子はこれしきのことではくじけなかった。

「高校生ですけど、僕の本職はアスリートですよ。ここへはトレーニングで来ているんです」

「カフェでトレーニング？　何のスポーツをしているの？」

思わず聞き返した桃子の顔を見て、男の子は大真面目《おおまじめ》に答えた。

「『恋愛』という名のスポーツです。おもに男女間で行われます。そして僕は、『恋愛アスリート』です」

「れっ……！　アス……!?」

桃子は、心の中で大爆笑《だいばくしょう》した。笑いをガマンするのに必死で、顔が紅潮《こうちょう》するのが自分でもわかった。

おもしろい。少なくとも、今読んでいる小説よりはおもしろい。もう少し、会話につき合ってあげてもいいかもしれない。

ただ、桃子がそう思う、思わないにかかわらず、男の子はイスを引いて、隣《となり》の席に勝手に座ろうとしている。それを見た桃子は思わず「いやっ！」と叫《さけ》んでしまった。

男の子がイスを引いた途端《とたん》、黄緑色《きみどりいろ》の虫が飛んできて、テーブルの上に乗ったのだ。三角形の頭をかしげながら、小さなオノを構《かま》えている。この虫は――。

「ちょっ!?　マジでカマキリ!?」

男の子が叫ぶ。慌《あわ》てているだけで、ちっとも役に立たない。桃子は「口が達者《たっしゃ》でも、こういうときに役に立たないとモテないわよ」と心の中で毒《どく》づき、勢《いきお》いよく手を挙《あ》げた。

気づいた女性店員が慌《あわ》てて駆《か》け寄《よ》ってくる。桃子は彼女に向けて、口早《くちばや》に告げた。

「すみません。この虫を外につまみ出してもらえませんか?」

3番テーブルに座っているカップルの注文を聞いたあとも、都子は達哉の動向が気になってしかたなかった。

やはり達哉は、このカフェを、合コン会場か何かと勘違《かんちが》いしているらしい。あたりをキョロキョロ見回していたかと思うと、不意に席を立ち、一人でお茶をしている女性客のもとへフラフラと歩いて行ったのだ。

声をかけられた女性は終始笑顔《しゅうしえがお》でいたけれど、達哉にまったく興味を持っていないことは、端《はた》から見ていてもよくわかる。それなのに、達哉は何を勘違《かんちが》いしたのか、女性の隣《となり》の席のイスを引いて、強引《ごういん》に座ろうとしている。

次の瞬間、女性が「いやっ！」と悲鳴《ひめい》を上げた。

――これはまずい！

とっさに駆《か》け寄《よ》った都子に向かって、女性は助けを求めるように言った。

「すみません。この虫を外につまみ出してもらえませんか？」

――虫、ときたか。

いくらなんでも虫呼ばわりされるなんて、さすがに達哉が少しかわいそうに思えた。だけど、このまま彼を放置したせいで、女性客にさらなる迷惑《めいわく》をかけて、お店の評判が悪くなるような事態だけは絶対に避《さ》けたい。

都子は女性客に向けて素早く頭を下げると、達哉の腕を横からつかんだ。

「えっ、地蔵《じぞう》の姉さん!?　何!?」

やっとこちらの存在に気づいた達哉が、目を白黒させて叫《さけ》ぶ。

都子は無言《むごん》で達哉をもとの席まで連れて行くと、イスの上に置《お》きっ放《ぱな》しになっていたカバンを持たせて、店の出口まで引っ張って行った。

「小田くん、今日はもう退場よ。ナンパをするなら、もっとスマートにやりなさい。せめて虫呼ばわりされることがない程度《ていど》にね」

都子によって、行きつけのカフェを追い出された達哉は、青空の下で呆然《ぼうぜん》と立《た》ち尽《つ》くしていた。

「虫呼ばわりって、何のこと?」

クラスメイトの地蔵と一緒で、その姉の思考回路《しこうかいろ》もまた、達哉にはさっぱり理解できない。

でも、それは別にどうでもいい。それより今日は「大人の余裕」をかましていた女性が、自分の一言《ひとこと》で、あんなに顔を真《ま》っ赤《か》にして照《て》れていたことのほうが重要だ。

「せっかくあと一歩でチェックメイトだったのに……。やっぱり俺の恋愛名言ってすげぇな。今度、学校でも使ってみよう」

「蟷螂《とうろう》(カマキリ)の斧《おの》」——弱い者が自分の力をかえりみずに、強い者に立ち向かうこと——は、達哉の欠点でもあったが、いつか、長所になるかもしれないパワーを秘めていた。

仮説《かせつ》と根拠《こんきょ》

抜《ぬ》けるような青空の下、深い緑で覆《おお》われた道が、川沿《かわぞ》いにどこまでも続いている。

太陽が中天《ちゅうてん》にさしかかろうかという頃《ころ》、河川敷《かせんじき》で作業を進めていた藤堂《とうどう》エリカの怒りも、いよいよ頂点に達しようとしていた。

「もう！　せっかくの日曜だっていうのに、何で私たちが朝っぱらから、無責任《むせきにん》な人間の尻《しり》ぬぐいをさせられなきゃいけないの!?　河原《かわら》のゴミ拾《ひろ》いとか、ありえないわ！」

ジーンズにパーカーというラフな出《い》で立《た》ちで、半透明《はんとうめい》のゴミ袋《ぶくろ》を左手に、そしてゴミ取りバサミを右手に装備《そうび》したエリカが、美樹《みき》の隣《となり》で文句《もんく》を言う。

「子どもじゃないんだから、自分の出したゴミくらい、自分で持ち帰って捨《す》てなさいよね！　そのルールを守れない人を罰《ばっ》すればいいだけじゃない」

「まぁまぁ、エリカ。何でもペナルティを課《か》せばいいってものじゃないわ。どんどん窮屈《きゅうくつ》になるだけよ」

「くーっ！　それで苦労するのは私たちなのに！」

くやしそうに歯《は》がみするエリカに、美樹も内心では同意したかった。だけど、これも学校行事の一環《いっかん》なのだから、しかたない。

永和学園《えいわがくえん》では毎年、「社会活動」と称《しょう》して、クラスごとに何らかのボランティアを行うことになっている。今年、晴《は》れて2－Aに進級したエリカたちは、クラスの4分の1に当たる8人のクラスメイトたちと一緒《いっしょ》に、河原のゴミ拾いを担当することになった。

最初は「ゴミ拾いなんてすぐ終わる」と、軽く考えていた美樹たちだったが、朝の9時からスタートしたにもかかわらず、一向《いっこう》に終わらない。草がボーボーに生《は》えた河原は視界不良《しかいふりょう》で、その中からゴミを探《さが》し出《だ》し、屈《かが》んで拾い続けるのは、結構《けっこう》な重労働《じゅうろうどう》だった。

「あー、腰《こし》がいてぇ！　これ以上やってたら、ギックリ腰になって、バスケの試合《しあい》に出られなくなるぞ!!」

そう言って、腰をトントンたたきながら立ち上がったのは、太陽の下で日焼けした肌《はだ》がいっそう黒光りして見えるバスケ部員《ぶいん》、クロスケこと黒田亮平《くろだりょうへい》だった。腰を悪くしていなくても、彼はもともとレギュラーではないのだから、試合は関係ないはずだが、そういう問題でもないらしい。

「せっかくうちのクラスには悩《なや》み部《ぶ》がいるんだからさ、パパッと片づける方法を考えてくれよ」

「私たちは悩み部じゃなくて、悩み解決部よ！　っていうか、こんなことまで、『悩み相談』って言わないでちょうだい!!」

いつもの勢《いきお》いで、エリカが言い返す。

美樹の目から見ても、今回のボランティアと悩み相談は無関係だ。けれど、悩み解決部のことを便利屋《べんりや》か何かと勘違《かんちが》いしている生徒には、違いがわからないらしい。

「悩み部も、地蔵《じぞう》がいないと、いいアイデアが浮《う》かばないだけなんじゃねぇの？　どうして地蔵も、こんな日に限って病気になるんだ？……仮病《けびょう》じゃね？」

亮平が何気《なにげ》なくこぼした不平に、エリカの眉《まゆ》がピクッとつり上がった。

――これはまずい！

「エリカ、落ち着いて！　亮平くんだって、悪気《わるぎ》はなかったんだから！」

すがりつく美樹のことをちらっとだけ見て、エリカはジーンズのポケットに手を伸《の》ばした。

スマホを取り出し、まるで隆也《たかや》のような無表情で、どこかへ電話をかけようとする。

「エリカ？　何してんの？」

親友の行動の意図《いと》が読めず、首をかしげる美樹の質問に、エリカはあっさり答えた。

「うちへ電話してるのよ。今すぐ、芝刈《しばか》り機《き》を何台か持ってきてもらおうと思って」

「え？　芝刈り？」

「そう。ゴミ拾いをしようにも、草がボーボー生えているから大変なのよ。邪魔《じゃま》な草がなくなれば、少しは作業も楽になるはずだわ」

「ちょっ……！　待ってよ、エリカ！　私たちはゴミを拾って、自然にやさしい環境《かんきょう》を作ろうとしてるのに、自然破壊《はかい》をしてどうすんのよ!?」

「別に無駄《むだ》な雑草《ざっそう》を刈ることは、自然破壊にならないと思うけど……なら、焼《や》き畑《はた》はどう？」

「それ、河原でやったら、ただの火事だから！」

このお嬢様《じょうさま》の発想はいつもユニークで、聞いていて飽《あ》きることがない。だけど、時々常識《じょうしき》を忘《わす》れるところが難点《なんてん》だ。

「うーん、芝刈りも焼き畑もダメとなると、どうしたらいいかしら……」

美樹に全否定《ぜんひてい》され、エリカが振《ふ》り出《だ》しに戻って考え始めた。そのとき、

「クラスをいくつかのチームに分けて、勝負をしたらいいよ」

河川敷《かせんじき》の一角で、明るい声がした。

声がした先には、ボランティアをしようとする格好にはとうてい見えない姿の正木礼音《まさきれおん》がいた。髪《かみ》をハデな金茶色《きんちゃいろ》に染《そ》め、耳にジャラジャラとアクセサリーをつけている。

彼はクラスメイトたちの注目を浴《あ》びて、少し照《て》れたようにはにかみながら続けた。

「昔《むかし》さ、秀吉《ひでよし》が清洲城《きよすじょう》の塀《へい》を修復《しゅうふく》するときに使った策《さく》があるんだ。当時、なかなか進まない工事を見かねた信長《のぶなが》から普請奉行《ふしんぶぎょう》に命じられた秀吉は、その塀がいかに大切なものであるかを説明《せつめい》した上で、工事区画の塀を10等分し、好《す》きな者同士《ものどうし》で10人ずつのチームを作るように命じた。そうしたら、各チームが競《きそ》ったおかげで、今まで20日以上かけても終わらなかった工事が、たったの1日か2日で終わったんだ……というのを真似《まね》したらどうかな?」

見た目はチャラくても、さすが歴史大好き高校生。嬉《うれ》しそうに語る礼音の話を、みんな、作《さ》業《ぎょう》の手を止め、聞いていた。けれど、

「で、このゴミ拾いの勝者には、何かごほうびがあるの? 誰《だれ》か報酬《ほうしゅう》を出してくれるわけ?」

「え……」

エリカの鋭《するど》いツッコミに、礼音の顔を一筋《ひとすじ》の汗《あせ》が伝《つた》い落ちた。

「メリットがなければ、人は動かないわ。『勝利する』ってことは、ほかの人より働くってことじゃない。誰もそんなのにメリットを感じないわ」

「でも、それならどうしたらいい？」

「そうねぇ……」

エリカも礼音も美樹も、全員が再び最初に戻って頭を悩《なや》ませ始めた。

そのときだった。

「こらぁ！　お前たち、何をサボってんだ!?」

空気を揺《ゆ》るがすような男の怒鳴《どな》り声に、美樹たちはヒッと首をすくめた。

「この声、鬼道《きどう》先生!?」

担任《たんにん》でもないのに、わざわざ自分たちの監視《かんし》に来たのだろうか？

皆《みな》が息を飲んで、声のするほうを見た。そこにいたのは、鬼瓦《おにがわら》のように四角四面のごつい顔
——ではなく、いつでもどこでも爽《さわ》やかな笑《え》みをたたえた、武内要《かなめ》だった。

「みんな、驚《おどろ》いた？　鬼道先生に似《に》てただろ？」

「要、お前……！　おどかすなよー」

英語が得意《とくい》だと、人の声や発音に敏感《びんかん》になり、物真似《ものまね》もうまくなるのだろうか。たしかに、亮平が驚《おどろ》く気持ちもわかる。ただし、河川敷から逃げ出すほどではないけれど。

要は、乗っていたマウンテンバイクをその場に止めると、ハンドルにかけていたコンビニの袋《ふくろ》を持って、川沿《かわぞ》いのところまで下りてきた。

「みんな、そろそろ疲《つか》れてきた頃だろうと思ってさ。差し入れを持ってきたよ」

要が取り出したアイスを見て、皆が「うわぁー！」と歓声《かんせい》を上げる。

いつも笑顔の下で何を考えているのかわからない人だけど、少なくとも要は、周《まわ》りの空気を読むことに長《た》けていた。ただ、さすがにエリカの好みまでは読めなかったようで、エリカは「ハーゲンダッツはないのかしら？」と、少しだけ残念《ざんねん》そうにしていたけれど……。

そうして、全員がアイスでエネルギーチャージを終えた頃、フーッと息《いき》を吐《は》いた亮平が、要に話しかけた。

「ありがとうな、要。おかげで生き返った。にしても、俺《おれ》たち、朝から死ぬ気でゴミを拾い続けてんのに、いくらやっても終わらねぇ。なんかさっさと終わらせられるいい方法はないか？　お前、悩み部に入部《にゅうぶ》届《とど》けを出したんだろ？　何か考えてくれよ」

「悩み解決部に入部？　武内《たけうち》くんが？」

亮平の言葉に、美樹とエリカは顔を見合わせた。

言われてみれば、最近、要はよく悩み解決部の部室に遊びに来ている。でも、そんな申《もう》しこみは聞いたことがない。何かの勘違《かんちが》いかと思ったけれど、要本人は否定しなかった。

「うーん、いい方法か……ちょっと待ってて」

そう言うと、要は止めてあったマウンテンバイクに乗って、どこかへ行ってしまった。

その背中が完全に見えなくなるのを待って、美樹はエリカに話しかけた。

「武内くん、うちの部に入ったの？　エリカ、聞いてる？」

「聞いてないわ。それに、アメリカ帰りがメンバーねぇ……」

バスケ部のマネージャー選考《せんこう》会のことが、いまだに尾《お》を引いているのか、要が部屋に遊びに来ることには文句《もんく》を言わなくても、彼が部員になることには、やや抵抗《ていこう》があるらしい。

美樹も正直、今の時点では要の存在をどうとらえればいいか、わからない。何しろ彼は、無表情な隆也とは別の意味で、その思考が読めないのだ。

美樹とエリカがいろいろ考えていると、そこへ要が、コンビニの袋を持って再び現《あらわ》れた。彼は川辺《かわべ》まで下りてくると、いたずらっ子のようにニッと笑って、みんなの前で袋の中に手をつっこんだ。その手が取り出したのは、白いビニール紐《ひも》の束《たば》だった。引越《ひっこし》で荷造《にづく》りをするときなどに、よく見かけるものだ。

「要、それを何に使うんだ？」

亮平がいぶかしんで、あからさまに眉《まゆ》をひそめる。そんな彼の前で、要は紐を1m分くらい引っ張って答えた。

「あと2時間ですべてのゴミ拾いが終わるように、俺が作戦を立ててるよ」

「どうやって？　つーか、そのヒモ、何？」

「俺はこれから河原の所々に、この紐を置《お》いていく。みんなにはまず横一列に並んでもらうから。それで俺が『はい』って声をかけたら、それから1分以内に、ここから最初の紐が置いてある場所まで、間《あいだ》に落ちているゴミを全部拾いながら歩いてもらう。で、俺がまた『はい』って言ったら、次の紐があるところまでゴミを拾って歩く――って作業の繰《く》り返《かえ》し。横の列が乱れないように、ほかの人と歩調《ほちょう》を合わせてね」

「………？」

要の考えた作戦の意図がわからず、誰もが頭にクエスチョン・マークを浮《う》かべた。だけど、それで無事にゴミ拾いが終わるなら、理由は聞かなくてもいい気がしてきた。

「ここは一つ、アメリカ帰りのお手並《てな》み拝見《はいけん》ってところね」

美樹の隣《となり》で、エリカがつぶやく。

こうして2－Aのクラスメイトたちは、要の指揮下でゴミ拾いを再開した。

要が提案したゴミ拾いは、意外とスムーズに進んだ。ただし同時に、かなりの負担《ふたん》を皆に強《し》いることとなった。

足下のゴミをすべて拾い終え、ホッと一息ついたのも束《つか》の間《ま》。要が「はい」と言うのを聞いて、追い立てられるように、次の紐が置かれている区画まで横一列で進む。かけ声のリズムがいいのと、次の紐がすぐ先に見えているせいで、ついつい動いてしまうが、おしゃべりをしている余裕《よゆう》も、休んでいる暇《ひま》もまったくない。

つまり、これは、ただ単に、「これまでより集中した作業を、これまでよりもスピードアップして行う」というだけのことではないだろうか？

しかし、実際には、そんな疑問を口にしている余裕もなく、要のかけ声にせき立てられる。やがて、黙々《もくもく》と手を動かしているうちに、何本もの紐を超えていき、ようやく最後の紐にたどり着いた頃には、みんな肩《かた》で大きく息をしていた。

「みんな、お疲れ様。俺の言った通り、2時間ジャストで全部終わったね」

河原のあちこちでしゃがんだ面々を見回し、一人だけ元気な要がニッコリ笑う。その姿《すがた》をギロリとにらんで、亮平が「かなめぇぇぇ！」と恨《うら》みがましい声を上げた。

「これのどこがいい方法だよ？　ちっとも楽じゃなかったぞ！」

亮平の言葉は、この場にいた全員の気持ちを代弁《だいべん》していたに違いない。エリカをはじめ、しゃべる気力も残っていないクラスメイトたちが、要に冷たい眼差《まなざ》しを向ける。だけど、要はまったく気にすることなく、爽《さわ》やかな笑顔で答えた。

「俺は2時間で作業を終わらせるって言ったけど、楽ができるなんて一言も言ってないだろ。さっき亮平たちが俺に声をかけた時点で、残りはだいたい1kmだった。みんなで横一列になって、1分間につき10m分のゴミを拾って進めば、1時間で600m、2時間で1.2km進むことができる。というわけで、ちゃんと2時間以内に全部終わっただろ？　何か問題を解決したいとき、多くの人が『コロンブスの卵《たまご》』みたいな、『発想を変えて、簡単にできる方法』に頼《たよ》ろうとするんだよね。でも、時には、『一生懸命《いっしょうけんめい》に頑張《がんば》る』とか、『地道《じみち》に続ける』ということが、最善の方法っていうこともあるんだよ」

「はぁ!?　何だよ！　そういうことなら、先に言えよ！」

亮平が不満たっぷりに食ってかかる。それでも、要は笑みを絶やさない。

「こういうことは、先に言ったら意味ないよ。みんな、積極的《せっきょくてき》じゃなくなるだろ？　『ボランティア』っていう単語は、日本では、『無償奉仕《むしょうほうし》』みたいな意味で使われているけど、本来は『積極的にすること』を指しているんだ」

要が微笑《ほほえ》みで説明を締《し》めくくった。そのとき、エリカが「異議あり！」と叫んだ。

「アメリカ帰り！　あなたの考えは、大前提《だいぜんてい》に疑問があるわ!!　あなたはさっき、『1分間に10m分のゴミを拾って進めば』っていう前提で話をしていたけど、それはあなたの頭の中の仮《か》説《せつ》のはずよ。たまたま今回は、それでうまくいったけど、それは結果論に過ぎないわ。そんな仮説をもとにして、もし失敗したら、あなたはクライアントにどう説明するつもり？」

エリカの指摘《してき》は鋭《するど》く、その声はまるで検察側《けんさつがわ》の矛盾《むじゅん》を問いつめる弁護士《べんごし》のように、冷静かつ刺すような響きを帯びている。しかし、今回も、要の「余裕な表情」が崩《くず》れることはなかった。

「そうだね。エリカが言うことはもっともだよ。だから、俺は前もって試したのさ」

「試した？　って、何をよ？」

「昨日の土曜は休みだっただろ？　だから、一人でこの河原に来て、集中して作業した場合、1分間で何m進めるかを試してみたんだ。もちろん、どれくらい集中できるかを試すために、1時間続けてみたし、ゴミのバラつき具合に差もあるだろうから、同じ作業を6回くらい繰り返してみて、平均《へいきん》をとったんだ。それが10mという数字の根拠《こんきょ》だよ」

要は、相変わらずの笑顔ですらすら答える。「同じ作業を6回繰り返した」ということは、つまり、この集中した作業を6時間続けたということだろうか。

「他人を動かすために、まずは自分が動く。そんなこと、当たり前のことだろ？」

要はこともなげに言ってのけたが、ふつうここまでのことはできない。彼がやってみせた方法は、隆也が今までに実践《じっせん》してきた、人間の心理をつくような解決方法とはかなり異なる。しかし、こういう考え方が「悩み解決部」に加わったら、おもしろい化学反応を引き起こすかもしれない、と美樹は感じていた。

様子をうかがうようにエリカを見ると、彼女も同じことを感じたらしい。今日ばかりは、負《ま》けず嫌《ぎら》いの彼女も、観念《かんねん》したように肩をすくめて言った。

「わかったわ。アメリカ帰りじゃなくて、武内くん。あなたが『悩み解決部』に入部することを認《みと》めましょう。美樹もいいよね？」

美樹がこくりとうなずくのを見て、要が顔をパーッと輝《かがや》かせる。

「美樹もエリカもありがとう！　嬉《うれ》しいな！　実は、隆也にも相談したし、小畑《おばた》先生にも入部届けを出したんだけど、２人に同じことを言われたんだ。入部したいなら、こんな紙きれじゃなく、実力でエリカと美樹にアピールしなきゃダメだって」

エリカのコメカミが一瞬《いっしゅん》だけピクッと動く。だが、表情まで動くことはなかった。その代わり、彼女はいつも通りの強い口調で命じた。

「武内くん、あなたは新入部員なんだから、雑務全般《ざつむぜんぱん》は、これからあなたに担当してもらうわ。以上、解散！」

［スケッチ］

初《はじ》めての出会《であ》い

桜《さくら》の花の散《ち》る季節《きせつ》になると、いつも決まって思い出すことがある。

それは、まだ美樹《みき》が小学生になったばかりの頃《ころ》のこと――美樹は初めての学校生活に、うまくなじめずにいた。

母親から常々《つねづね》、「人のことを第一に考えられる子になりなさい」と言い聞かされて育ったおかげだろうか、美樹は、人の痛《いた》みに敏感《びんかん》で、誰《だれ》よりも優《やさ》しい子に育っていた。

しかし、その「優しい」という長所は、裏《うら》を返せば、「自己主張ができない」という短所にもなっていた。いつも人の気持ちを優先してしまって、嫌《いや》なことを嫌と言えないのはもちろんのこと、自分から積極的《せっきょくてき》に何かを発言することもできなかった。

そんな小学1年生の頃の美樹には、同じクラスに「すごい」と思う存在《そんざい》がいた。名前を藤堂《とうどう》エリカという。有名な会社の社長令嬢《れいじょう》で、学校など選び放題《ほうだい》であろうに、「見聞《けんぶん》を広めさせたい」

という両親の教育方針のもと、公立の小学校に入学したらしい。

入学してから最初の席替《せきが》えで、美樹はエリカと隣《となり》の席になった。しかし、話すことはほとんどなかった。なぜなら、美樹はエリカに憧《あこが》れてはいたが、仲良《なかよ》くなるために積極的に話しかける勇気はなかったからだ。

エリカは、美樹とは正反対な性格の子だった。先生の授業がわかりづらければ、「先生の説明、よくわかりません」と平然《へいぜん》と言ってのけたし、クラスメイトから頼まれたことでも、乗り気がしない場合にはきっぱり断っていた。そのせいでみんなとケンカになったり、悪口を言われることはしょっちゅうだったが、まったく気にすることなく、休み時間には一人で本を読んでいることも多かった。

周《まわ》りから見れば、立派《りっぱ》な問題児《もんだいじ》かもしれない。だけど、何があっても決してぶれないエリカのことを、美樹はいつも「かっこいい」と思っていた。

そんなある日の授業中、クラスの誰《だれ》も気づかないところで、美樹の身に事件は起きた。

美樹はその日、寝坊《ねぼう》したせいで、朝《あさ》ご飯《はん》を食べることができなかった。代《か》わりに、牛乳《ぎゅうにゅう》を一気飲みして、家を出た。冷たい飲み物を急にお腹《なか》に入れたのがいけなかったのか、それとも牛乳が悪くなっていたのか、美樹のお腹は、授業中に突如《とつじょ》としてギュルギュルと不穏《ふおん》な音を立て始め、まともに座《すわ》っていることすらできなくなるほど、痛《いた》くなってしまったのだ。

それでも、授業中に、「お腹がいたいからトイレに行きたい」とは言えなかった。そんなことをしたら、どれだけ目立ってしまうか、男子にどれだけからかわれるか、わかったものじゃない。

なんとか休み時間までガマンしよう。そう思ったけれど、痛みは寄《よ》せては退《ひ》く波《なみ》のように、周期的《しゅうきてき》にやってくる。やがて、そのサイクルはどんどん短くなっていき、しまいには全身に冷《ひ》や汗《あせ》をかくほどの痛みになっていた。

もう、どうしていいかわからない！　このままでは最悪の結果を迎《むか》えてしまう！　そんなことになったら、もう二度と学校には来られない！

美樹がギュッと目を閉じ、涙をこぼしそうになった。そのとき、

「先生、お腹が痛いので、保健室に行ってきてもいいですか？」

凜《りん》とした女の子の声が教室に響《ひび》いた。

美樹ではない。そう言ったのは、隣《となり》に座《すわ》っていたエリカだった。

「えー！　藤堂、ゲリピーじゃねーの？」

「うわっ、きったねー！」

男子たちがクスクス笑《わら》いながら、エリカのことをからかう。隣で聞いているだけで、美樹は首まで真《ま》っ赤《か》になりそうだった。けれど、エリカは気にせず、まっすぐに先生を見て続けた。

「一人《ひとり》だと不安なので、相田《あいだ》さんについて来てもらっていいですか？」

「え？　わたし？」

美樹はお腹の痛みも一瞬《いっしゅん》忘《わす》れて、キョトンとしてしまった。

言われたほうの先生も、まさか自分が許可する前に、小学1年生の生徒が付《つ》き添《そ》いの手配《てはい》までしてしまうとは思わなかったのだろう。あっけにとられていたが、すぐに「わかりました。いってらっしゃい」と言ってくれた。

「相田さん、早く来て！」

エリカが立ち上がり、こちらの手を引《ひ》っ張《ぱ》ってくる。

クラス中から注目されて、恥《は》ずかしい。でも、エリカの力強い手に勇気をもらって、美樹はトイレに向かった。

この日以来、美樹の中でエリカは、単なる「かっこいい子」から、「本当は思いやりのある、かっこいい子」に変わり、2人は友だちになった。


「美樹？　どうしたの？　ボーッとしちゃって、大丈夫《だいじょうぶ》？」

目の前で、形のいい手が左右に振《ふ》られている。

美樹はハッとして、意識が現実に引《ひ》き戻《もど》されるのを感じた。

ここはもう、エリカと最初に出会った小学校ではない。永和学園《えいわがくえん》の一室、悩《なや》み解決部《かいけつぶ》の部室だ。目の前には心配そうな顔をしたエリカと、いつでもどこでも無表情《むひょうじょう》な隆也《たかや》に、ニコニコ笑顔でこちらの様子《ようす》を窺《うかが》っている要《かなめ》までいる。

なぜ美樹の意識が過去《かこ》に遡《さかのぼ》っていたのか。先ほど要に、「エリカと美樹って、性格は全然《ぜんぜん》違《ちが》うのに、どうしてそんなに仲がいいの？」と聞かれて、昔《むかし》を思い出していたのだ。

「美樹、疲《つか》れてんじゃないの？　平気？」

最初に助けてもらったときと変わらない。いや、あの頃より直接的になった言葉でエリカに心配され、美樹は顔にかすかな笑《え》みを浮かべた。

「ごめんね、エリカ。要くんに質問されて、エリカと仲良くなったときのことを思い出してたの」

「ああ！　私と美樹が初めてしゃべったときのこと？　あのときは大変だったわよね」

うんうんとうなずきながら、エリカは興味深そうにこちらを見ている要に向けて、言葉を継《つ》いだ。

「あれは、何月くらいのことだったかしら？　授業中に突然お腹が痛くなったんだけど、そんなこと人前で言えなくて。私の異変に気づいた美樹が代わりに手を挙《あ》げて、トイレに連れて行ってくれたの」

「え？　ちょっと待ってよ、エリカ！　あのとき、お腹が痛くなったのも、助けてもらったのも、私のほうよ？　何か勘違《かんちが》いしてない？」

「……？　美樹のほうこそ、おかしくない？　私、美樹と出会うまでは、友だちもいなくて、おしゃべりする相手って、クマのぬいぐるみだけだったもの。クラスの誰とでも仲良くなって、大人《おとな》とも物怖《ものお》じせずに話せる美樹は、私の憧《あこが》れだったんだから」

「……どういうこと？」

2人して、思わず顔を見合わせる。その横で、不意に隆也が口を開いた。

「今の現象《げんしょう》は、共感力《きょうかんりょく》の極《きわ》めて高い人間に、時折《ときおり》見られることだな」

「共感力が高い――って、どういう意味？」

不思議《ふしぎ》に思って聞き返した美樹を見て、隆也は説明を続けた。

「前に読んだ心理学の本に書いてあった。共感力の高い人間は他人《たにん》の痛みを自分の痛みとして感じ取ったり、相手の体験を自分のものとして記憶《きおく》してしまったりすることがあるらしい」

「じゃあ、お腹が痛くなったのは私じゃなくて、エリカだったの!?」

「そうかもしれないな。今の藤堂エリカを見る限り、とても共感力があるとは思えないからな」

――ウソだ！　信じられない！　あのときのことを、こんなにも鮮明《せんめい》に覚えているのに
……。

「まぁ、美樹とエリカ、どっちの記憶であっても、別にいいんじゃない？」

ショックを受けている美樹に向かってそう言ったのは、要だった。

「今の話で、美樹とエリカの2人が昔から互《たが》いを大切に思っていることは、よく伝わってきた

よ。それに、さっき、『性格は全然違う』って言っちゃったけど、本質的には2人とも、よく似《に》た性格をしているのかもね。ほら、『双子《ふたご》は一人が痛みを感じると、もう一人も同じように痛みを感じる』って言うだろ?」

あまりに意外な指摘《してき》に、3人とも——あの隆也ですら——びっくりして言葉を失った。

「あれ? 日本では、そう言わないの?」

もしかすると、要の言うように、自分とエリカは、コインのオモテとウラなのかもしれない。自分たちは正反対とも、同じコインの両面とも言える。美樹がまたぼんやりと、そんなことを考えていたら、

「美樹、また、ボーッとしてる!」

エリカの声で再び現実に呼び戻された。

小学1年生の頃、自分たち2人の間で何があったのか、正確なことは今となってはわからない。だけど、あれ以来、エリカとずっと友だちでいられることが嬉《うれ》しくて、美樹はニッコリほほえんだ。

- 麻希一樹

現在、大学の研究室所属。心理学専攻。自称「アクティブな引きこもり」。ふだんは、ラボにこもって実験と人間観察にいそしむ。一方、休暇中はバックパッカーとして、サハラ砂漠などの秘境探検に出かける。
Twitter:@MakiKazuki1
公式HP:http://www.makikazuki.com/

- usi

静岡県出身。書籍の装画を中心にイラストレーターとして活動。グラフィックデザインやwebデザインも行う。

「悩み部」の焦燥と、その暗躍。

2016年5月10日　第1刷発行
2018年3月23日　第7刷発行

著者　麻希一樹、usi
発行人　金谷敏博
編集人　川畑勝
編集長　目黒哲也
発行所　株式会社 学研プラス
〒141-8415 東京都品川区西五反田2-11-8
印刷所　中央精版印刷株式会社
DTP　株式会社 四国写研

● お客様へ
【この本に関する各種お問い合わせ先】
○ 本の内容については ☎03-6431-1465（編集部直通）
○ 在庫については ☎03-6431-1197（販売部直通）
○ 不良品（落丁・乱丁）については ☎0570-000577
学研業務センター　〒354-0045　埼玉県入間郡三芳町上富279-1

○ 上記以外のお問い合わせは ☎03-6431-1002（学研お客様センター）